A ESCOLA DA CARNE

Yukio Mishima

A ESCOLA DA CARNE

Tradução do japonês
Jefferson José Teixeira

Título original: *Nikutai no gakko*
© Herdeiros de Yukio Mishima, 1963
© Editora Estação Liberdade, 2023, para esta tradução
Todos os direitos reservados.

PREPARAÇÃO Cláudia Mesquita
REVISÃO Fábio Fujita
EDITOR ASSISTENTE Luis Campagnoli
COMPOSIÇÃO Marcelle Marinho
CAPA Mika Matsuzake
IMAGEM DE CAPA Watanabe Seitei (1851-1918), *Peixe dourado*, período Meiji, c. 1887. Tinta e pigmento sobre seda; 35,2 x 26,7 cm. Metropolitan Museum of Art, Coleção Charles Stewart Smith; doação da família, 1914.
SUPERVISÃO EDITORIAL Letícia Howes
EDIÇÃO DE ARTE Miguel Simon
EDITOR Angel Bojadsen

CIP-BRASIL. CATALOGAÇÃO NA PUBLICAÇÃO
SINDICATO NACIONAL DOS EDITORES DE LIVROS, RJ

M659e

Mishima, Yukio, 1925-1970
A escola da carne / Yukio Mishima ; tradução Jefferson José Teixeira.
São Paulo : Estação Liberdade, 2023.
256 p. ; 21 cm.

Tradução de: Nikutai no gakko
ISBN 978-65-86068-79-5

1. Romance japonês. I. Teixeira, Jefferson José. II. Título.

23-86423   CDD: 895.63
                          CDU: 82-31(52)

Gabriela Faray Ferreira Lopes - Bibliotecária - CRB-7/6643
28/09/2023   05/10/2023

Nenhuma parte da obra pode ser reproduzida, adaptada, multiplicada ou divulgada de nenhuma forma (em particular por meios de reprografia ou processos digitais) sem autorização expressa da editora, e em virtude da legislação em vigor.

Esta publicação segue as normas do Acordo Ortográfico da Língua Portuguesa, Decreto nº 6.583, de 29 de setembro de 2008.

EDITORA ESTAÇÃO LIBERDADE LTDA.
Rua Dona Elisa, 116 | Barra Funda
01155-030 São Paulo – SP | Tel.: (11) 3660 3180
www.estacaoliberdade.com.br

肉体の学校

1

Acreditando ser normal mulheres divorciadas se unirem por laços de amizade, Taeko Asano integrava um seleto grupo de mulheres nessa condição.

É incomum encontrar divorciadas endinheiradas no Japão, onde os termos de um divórcio diferem daqueles nos Estados Unidos e em outros países. Porém, as três mulheres desse reduzido grupo levavam uma vida abastada, livre e, na visão das pessoas de fora, bastante prazerosa.

Taeko era proprietária de uma butique; Suzuko Kawamoto, de um restaurante; e Nobuko Matsui era crítica de cinema e moda. Antes da guerra, as três pertenciam à nata da sociedade nipônica.

Na era das moças de fino trato dos tempos da guerra, no entanto, a abominável reputação das três tornava compreensível seus posteriores divórcios. Os prazeres efêmeros a que se entregaram com algumas pessoas durante a guerra não chegavam na época, absolutamente, aos olhares do público e foram ocultados pela confusão do pós-guerra. Poderiam ser considerados crimes perfeitos, não fosse por um reduzido número de playboys que sobreviveram para alardear a lendária juventude das três. Em certo momento, elas negaram as antigas histórias com o semblante sério, mas agora passavam a endossar sua autenticidade com uma piscadela.

Devido a esse tipo de comportamento, os pais se viram inevitavelmente forçados a apressar um matrimônio, e, como consequência, as três viveram vidas conjugais infelizes. O marido de Taeko não apenas era um total incapacitado, mas também possuía tendência a insuportáveis perversões sexuais.

Os maridos das outras duas em nada ficavam atrás. As três conversavam entre si sem pudores, mas se fechavam em copas quando o assunto eram os consortes dos quais se separaram.

Uma coisa era certa: se o Japão não tivesse sido derrotado na guerra, as três certamente teriam mantido a aparência de fidelidade e seriam vistas pela sociedade como respeitáveis esposas.

Assim como eu, os leitores devem se recordar de que nos tempos de criança as lâmpadas eram muito fracas, e dentro das casas reinava uma escuridão indescritivelmente mais intensa do que agora. A escuridão nos lares em si não diferia entre pessoas pobres ou ricas, mas sua escala se acentuava nas casas grandes em razão do tamanho. Assim como a escuridão era algo óbvio, essas mulheres, apesar de desgostosas com suas vidas conjugais de mera aparência, deviam acreditar ser esse o padrão natural em qualquer outro lar.

Portanto, a derrota na guerra e a democracia constituíram as causas diretas de seus divórcios. Suas curtas experiências conjugais eram repletas de lembranças desagradáveis e arrepiantes, representando a parte mais sombria de suas vidas até o momento.

2

As três se encontravam ocasionalmente, porém, por viverem muito atarefadas com os respectivos trabalhos, combinaram de manter um compromisso periódico uma vez por mês.

Em 26 de janeiro, às oito horas, elas se encontrariam para jantar em um restaurante de Roppongi.

Nesse dia, Taeko Asano deixou a loja às seis horas para ir a um coquetel e de lá pretendia seguir diretamente ao local do encontro.

A recepção se realizava na embaixada de um pequeno país europeu, e Taeko fora a princípio chamada como convidada da esposa do embaixador, uma cliente regular de sua loja. Entretanto, ela soube que o embaixador, homem de origem humilde, mas com uma paixão incomum pela aristocracia, parecia ter se apressado para acrescentar o nome dela à lista de convidados tão logo soube que ela fora esposa de um barão.

Taeko adorava a rapidez com que se metamorfoseava ao sair para eventos como aquele. Ela se trocou no cômodo nos fundos de sua butique enquanto admoestava as costureiras.

Vestiu um tailleur Chanel de lã aerada com debruns em cetim preto sobre uma blusa de seda tailandesa azul-acinzentada, um colar e um bracelete de pérolas negras, luvas Perrin de couro cinza, longas até os cotovelos, e um anel de diamante. Bolsa de mão em metal prateado com sapatos de saltos baixos em verniz preto. Borrifou o perfume Black Satin combinando com o tecido de sua roupa e pôs sobre os ombros uma estola de vison prateado.

Sua butique ficava no distrito de Ryudo; a embaixada, em Azabu. Como o compromisso às oito horas era em Roppongi, nessa noite ela apenas se deslocaria dentro de um perímetro restrito. O motorista da butique a deixaria na embaixada e retornaria para pegá-la após entregar duas ou três encomendas de clientes.

Há muitos tipos de embaixada. Aquela, instalada numa outrora rica mansão, que escapara aos incêndios da guerra e fora reformada, era modesta, sendo exagerado apenas o espaço para manobrar carros, com alguns pinheiros plantados.

A mãe de Taeko, já falecida, organizava recepções em casa para as quais convidava com frequência muitos estrangeiros. Na época da guerra, havia diversos alemães e italianos, e Taeko, desde pequena, conhecia bem a etiqueta dessas reuniões. Nos finais de semana, a mãe se mantinha reclusa na casa de campo de Hakone, respondendo em papel timbrado às cartas acumuladas durante a semana.

Aos treze ou catorze anos, ensinaram a Taeko que a abreviação RSVP na parte inferior esquerda dos convites significava "Responda, por favor". Era um conhecimento totalmente inútil, e ela acabou chegando à idade adulta ignorando coisas mais relevantes.

O embaixador e a esposa recebiam os convidados de pé na entrada do salão. A embaixatriz trajava um deslumbrante vestido de gala em brocado de Saga criado por Taeko. Justamente por isso, Taeko apareceu vestindo um discreto conjunto preto.

Até a senhora, que sempre a chamava de "Taeko", ao recebê-la nessa noite tratou-a também por baronesa. Apesar de seu costumeiro olhar sonolento, o embaixador a recepcionou com efusiva alegria. Taeko elogiou brevemente a vestimenta muito harmoniosa da embaixatriz, que, exultante, lhe devolveu o louvor. Estranho comércio em que elogiar uma mercadoria vendida pela própria loja fazia o cliente se regozijar.

A embaixatriz se martirizava havia algum tempo por ter ancas avantajadas e pernas muito encorpadas, e o segredo do comércio de Taeko consistia antes de mais nada em depreender as fraquezas e os complexos de suas clientes. Quanto a isso, não havia distinção entre estrangeiras e japonesas, e Taeko sabia bem que quanto mais uma mulher se vangloria externamente, mais ela possui algum complexo de inferioridade física.

Taeko se afastou do casal e voltou o olhar para as pessoas de pé dispersas pelo ambiente pouco iluminado. Espantou-se ao constatar que conhecia de vista a maioria delas.

— Meus cumprimentos! — diziam-lhe.

Embora, antes da guerra, aquela fosse uma saudação restrita a um punhado de pessoas, agora se tornara corriqueira entre donas de bares e *maîtres* de hotéis. Era uma estupidez continuar a utilizá-la assim, incansavelmente!

"Eles reuniram uma boa quantidade de antiguidades", pensou Taeko exibindo um sorriso.

Ali estavam reunidos um ex-marquês, ornitólogo, e a esposa; um casal próximo dos membros da corte imperial; um casal antes integrante da alta aristocracia; um ex-conde famoso pelas caçadas a tigres, e a esposa; e muitos outros. Passando os olhos por toda a cena, Taeko se sentiu mal consigo mesma ao lembrar-se de todos os escândalos pretéritos daquelas pessoas, sem exceção. O amante secreto de uma eternamente linda dama da antiga aristocracia, por exemplo, se tornara agora um ex-embaixador calvo por completo.

Observando as pessoas na velha sala de visitas em estilo inglês de um prédio de antes da guerra, Taeko teve a impressão de retroceder no tempo. Seria compreensível se a recepção se realizasse na residência de algum deles, mas ela achava curioso terem aceitado o convite de um estrangeiro louco pela nobreza com o qual não tinham afinidade. Falando com muita franqueza, como depois da recepção haveria um bufê, eles estavam ali apenas pela comida.

Todavia, Taeko sentia um ligeiro desconforto no instante em que seus olhos encontravam os deles. Pareciam exibir uma visível mistura de inveja e desprezo por ela ser proprietária de uma butique de sucesso. Eles, que tranquilamente adotariam uma atitude cortês diante de qualquer atriz de cinema, logo se punham em alerta em relação a alguém como ela, que traíra a antiga classe social a que eles haviam pertencido. Antes de serem desprezados, tomavam a dianteira para serem eles os primeiros a desprezar.

Taeko sabia bem o motivo de Suzuko e Nobuko sentirem verdadeira aversão por aquele tipo de gente. Para dar ainda mais razões para falarem mal dela, ela se juntou, resoluta, a um grupo formado apenas por estrangeiros.

Eles a circundaram, exibindo-se de peito estufado.

Eram todos homens banais, com seus truques de sedução feminina, suas adulações, etiquetas e, ainda por cima, conversinhas fiadas. Ficava evidente que no peito de cada um deles se aninhava o estereótipo de mulher fácil atribuído às japonesas.

Além disso, ela tinha ojeriza pela pele de galinha dos homens estrangeiros, permitindo vislumbrar a cor semitranslúcida do sangue, de envelhecimento rápido e de aparência manchada. Apesar de estatura alta, vigor físico, narizes pronunciados e magníficos perfis de rosto, a impressão dela em relação aos homens ocidentais era, estranhamente, de impotência e carência de vitalidade. Portanto, ela não caía na lábia deles.

— Dia desses, quando caminhava por Nara e Kyoto, vi várias estátuas e pinturas budistas, mas não senti nelas nenhuma atração erótica. Nós, os "bárbaros europeus", nos acostumamos desde o Renascimento a confundir erotismo com beleza. Temos a tendência de não vermos beleza onde não há erotismo. Por isso, somente as japonesas modernas são, para nós, indiscutivelmente belas.

Essas foram as palavras aduladoras de um jovem loiro, de jeito bastante instruído, mas afetando inocência.

"Porém, de uma perspectiva selvagem", refletiu Taeko observando com atenção o rosto desse homem que até poderia ser considerado atraente, "os jovens japoneses têm uma beleza muito mais selvagem do que esses ocidentais. Ou seja, uma graciosidade indômita, uma elasticidade, uma beleza inexpressiva."

Em primeiro lugar, não se pode chamar de magnífica a visão dos narizes extremamente pronunciados dos estrangeiros, a extremidade vermelha entorpecida pela exposição ao vento frio da estação. O que não acontecia naquele cômodo, pois felizmente havia aquecimento.

Vendo que todos os convidados pareciam haver chegado, o embaixador e a esposa se misturaram a eles e começaram a beber. Os garçons, de luvas brancas, circulavam carregando bandejas com copos de uísque, Martini, Manhattan, Dubonnet, conhaque e outras bebidas, enquanto garçonetes em quimonos portavam bandejas cheias de tira-gostos espetados em palitos.

O ex-marquês ornitólogo aproximou-se de Taeko. O rosto desse velho de setenta e cinco anos tinha os traços cinzelados das esculturas de madeira no estilo da era Meiji que hoje só podem ser vistos nas feições dos veteranos atores coadjuvantes do teatro kabuki ou da escola vanguardista. A pele branca enrugada na garganta relaxava sobre a borda da gola falsa em estilo antigo.

— Desculpe-me, a senhorita é a progênita do senhor Asano, correto? — perguntou ele.

— Sim.

— Talvez não seja de seu conhecimento, mas, após me formar na universidade, por um tempo ministrei aulas de zoologia no colégio Gakushuin, onde tive a oportunidade de ser professor de seu genitor, o senhor Asano. Ele era um piadista. Certa feita, eu o mandei buscar o esqueleto de um arqueoptérix, e ele o trouxe com uma fita vermelha amarrada na cabeça! Essa história acabou se tornando famosa.

Taeko ouviu a história do arqueoptérix três vezes da boca do ex-marquês, mas sempre que o velho a encontrava parecia achar que a via pela primeira vez e contava de novo.

No salão semiobscuro, o coquetel dos fantasmas prosseguia animado. O homem que atuava como criado no palácio imperial, com a inexpressividade extrema no rosto comum aos nobres da corte, bebia bastante e falava sem papas na língua, com um jeito desagradavelmente antinatural.

Joias e perfumes não faltavam ali, mas não se viam em parte alguma nem a juventude, nem a vitalidade dos dias atuais. E era exatamente disso que Taeko mais gostava! Mesmo assim, por que o embaixador, em seu papel de anfitrião, teria se esmerado em reunir essa "coleção de fantasmas"?

Portanto, Taeko decidiu concentrar-se apenas nos interesses comerciais. Ao ponderar novamente sob essa perspectiva, a situação tediosa da recepção social mudou por completo. Havia ali uma grande quantidade de alvos fáceis para negócios.

Bastava uma olhadela para perceber que a esposa do presidente de uma empresa têxtil, que lhe fora apresentada pouco antes e com quem só trocara duas ou três palavras, trajava uma roupa ocidental de extremo mau gosto, embora certamente lhe tivesse custado os olhos da cara. Taeko pensou em delicadamente oferecer alguns conselhos a essa senhora e, sem ferir seu amor-próprio, apenas descobrir logo quais eram seus complexos para convertê-la em mais uma cliente de sua loja. Conhecer essas técnicas psicológicas (essa era uma parte do talento no trato social que aprendera desde tenra idade), ela sabia, era suficiente para prosperar bastante no mundo da alta-costura.

Com uma taça de Dubonnet na mão, ela se aproximou sorridente da esposa do presidente. O abdômen volumoso da mulher, que o vestido era incapaz de dissimular, foi lhe parecendo cada vez mais pronunciado sob a luz fraca.

3

Antes de mais nada, as três se sentaram no piano-bar e começaram a conversar, animadas.
— Como foi o coquetel hoje?
— Pior, impossível. Mas consegui fechar um negócio — respondeu Taeko, cujo jeito de falar rapidamente se tornara frívolo desde que chegara.
Ao mesmo tempo, sua beleza natural transpareceu sem amarras.
— O calor usando isto aqui está insuportável.
Ela colocou rudemente o anel de diamante sobre o piano branco e, mordendo a ponta de uma das longas luvas, puxou com os dentes e descalçou-a com celeridade. A embriaguez se instalava velozmente nela.
— Não faça isso, Taeko, vai manchar de batom sua luva!
— É perfeito para deixá-la mais sensual, não?
Dobrou a longa luva de qualquer modo e tentou enfiá-la à força na pequena bolsa de mão, mas, como custava a entrar e sem outra opção, enrolou-a nos dedos e se pôs a brincar com ela. Depois, deslizou sobre o piano branco um dedo da mão direita e, como se almejasse com um taco de sinuca acertar uma bola, mirou o anel de diamante e o resgatou de volta com um movimento ágil.
Sua fisionomia alegre e deslumbrante a deixava muito mais jovem do que seus trinta e nove anos, porém restavam em seu olhar forte e nos lábios determinados a elegância e a dignidade de um tempo passado.
Era essa a razão de os homens de outrora não se sentirem intimidados por esse tipo de mulher, mas os de agora,

acostumados apenas a uma beleza de aproximação mais fácil, vez ou outra acalentavam algum receio de alguém como ela.

Nesse sentido, ela se parecia muito com o anel de diamante. O diamante genuíno de três quilates lhe fora dado pela já falecida mãe como presente de casamento, e ela, fingindo não o ter, conseguira escondê-lo para não ser obrigada a doá-lo ao esforço de guerra. Tinha infelizmente uma lapidação antiga, mas, mesmo ciente disso, ela o usava quando ia a recepções e outros eventos, o que só lhe acrescentava elegância e dignidade, mostrando em parte também sua própria lapidação antiga.

— Que tal?

Nobuko chamou a atenção de Taeko movimentando discretamente o olhar na direção do pianista que tocava naquele momento.

— Tem o jeitão do Alain Delon — decretou ela.

O jovem pianista tinha a pele alva, e o olhar, peculiar aos pianistas, flutuava trêmulo como algas dentro da água sem saber onde pousar; ele nem sequer sorria.

— Ele tem muita confiança no próprio rosto. Não é do tipo que eu poria no meu estabelecimento — afirmou resoluta Suzuko, dona de um restaurante, como já mencionado.

— Ofereça algo a ele, o que ele quiser! — ordenou Nobuko ao garçom enquanto aplaudia ao final da música.

Todavia, mesmo recebendo a bebida (Nobuko gostaria de brindar com ele a distância), o pianista apenas abaixou a cabeça quase imperceptivelmente, mantendo a sisudez.

— Seu Chopin é bem orgulhoso, hein — ironizou Taeko.

E isso serviu de estopim para que elas, após se transferirem para a mesa de jantar, se descontraíssem em uma conversa despudorada empregando um repertório de palavras só compreensíveis entre as três.

Ainda assim, retomaram uma certa dignidade quando começaram a examinar o cardápio aberto diante de si, grande como um calendário de parede. O fato de não haver nenhum homem para fazer o pedido por elas ratificava nesse instante seus traços de mulheres independentes.

— Não tem nenhuma comida que não engorde? — perguntou Suzuko, a única do trio que começava a ver sua bela silhueta desmoronar. Por sua vez, Nobuko era magra como um palito. Apenas Taeko mantinha formas incrivelmente proporcionais graças à prática fervorosa de ginástica calistênica.

— Que tal pegar uma salada?
— Vou querer um *bœuf stroganoff*.

Como se estivesse pesarosa, Taeko fez seu pedido em grande estilo.

— Ora, ora, todas aqui! É o encontro periódico das Damas do Parque Toshima — dirigiu-se a elas o dono do restaurante que chegara à mesa.

— Que indelicado!

"Parque Toshima" era como o dono batizara o encontro das três. Desnecessário dizer que era um trocadilho com a palavra homófona "toshima", que significa "mulheres de meia-idade".

Kaizuka, o proprietário, era amigo das três havia mais de duas décadas e tivera com Taeko uma aventura passageira em Hakone antes de ela se casar. Além disso, via Suzuko com alguma regularidade nos últimos tempos por atuarem no mesmo ramo de negócios.

Ele descendia de uma família tradicional, mas mesmo após se formar na universidade não conseguiu se fixar seriamente em nenhum trabalho. O pai, ainda no auge da carreira, perdendo as esperanças, deu ao filho uma soma de dinheiro para fazê-lo entrar no ramo. Então, pela primeira vez na vida, Kaizuka encontrou um trabalho perfeito para si.

Completando quarenta naquele ano, ele era um *bon vivant* no estilo dos de antes da guerra. Sem conseguir se tornar um rapaz glamuroso ou do tipo durão, vendia uma imagem de elegância um pouco ultrapassada. Essa imagem rara, aprimorada pela sociedade, servia para conquistar e manter a devoção das jovens ingênuas. Mesmo no ápice do verão, ele nunca esquecia de pôr gravata e havia decidido jamais usar calças jeans. A bem da verdade, já não tinha mais idade para isso.

A amizade entre ele e as três mulheres era algo verdadeiramente livre e prazenteiro. Revelavam entre si, sem pudores, suas aventuras amorosas e trocavam informações, sem jamais embrenharem em discussões maçantes ou se importar com a diferença de sexo entre eles. Eram amigos capazes de trocar piadas como o fariam despreocupadamente soldados veteranos em uma trincheira no front.

— Que acham de eu lhes trazer um Beaujolais?

— Maravilha... Mas, antes, sente-se conosco. Sem você, a conversa não tem graça.

— Aceitarei só para aplacar a estiagem de homens que estão enfrentando.

4

Não se sabe se no trabalho de um crítico o mais importante é a tolerância ou a intolerância, mas, no trio, apenas Nobuko, apesar de ser bem objetiva em suas ações, fazia vista grossa para os próprios defeitos e em um canto do coração conservava um temperamento de puritanismo mesquinho.

Suzuko costumava ouvir admirada e boquiaberta as conversas francas de Taeko, enquanto Nobuko sempre as ouvia exibindo certa irritação no cenho franzido.

— E como foi com o tal estudante da Universidade K**?

Devido à pergunta de Suzuko, Taeko começou a contar, e tamanho era seu fervor que por pouco não derrubou a vela inoportuna posta diante dela.

— Falta selvageria naquele rapaz, selvageria! Quando penso nisso agora, ele seria perfeito para você, Nobuko. Ele deve ter conhecido duas ou três mulheres, mas ainda há arraigado em algum lugar naquela cabeça um pouco da ideia de "virgindade", e o fato de considerar o sexo algo absolutamente importante foi aos poucos me irritando. De fato, esses filhinhos de papai não prestam para nada!

— Eu também sou um filhinho de papai — disse Kaizuka. — E me envergonho sinceramente.

— Na sua idade, não faz mais diferença se um homem é de boa ou má família! Eu me refiro aos jovens. Compreende? Os jovens.

— Sim, entendi bem.

— No início, ele acreditou que me dominava e ficou orgulhoso disso. Eu o deixei acreditar, até porque era uma situação bastante graciosa. Aos poucos, ele foi ficando inquieto, duvidando de si e depois de mim. Detesto rapazes que ao chegarem a esse ponto nem procuram salvaguardar as aparências. Para isso, é necessária uma certa energia tosca, uma certa má criação com muito frescor. Nunca senti isso de forma tão dolorida como desta vez. O S (entre as três esse S designava sexo) não era nada mau. E como ele jogava rúgbi, seu corpo era sólido. Detesto flacidez em um homem. Os músculos de todo o corpo devem estar tensos a ponto de romper quando golpeados. E como são os seus?

Taeko apalpou sem cerimônias o braço de Kaizuka sob o terno.

— Um verdadeiro marshmallow, não?

— As mulheres se alegram quando eu as abraço. Dizem se sentir como se estivessem agradavelmente imersas em uma banheira de água quente!

— Você apenas excita o desejo decadente mais masoquista das jovens — alfinetou a crítica Nobuko.

— Bem, não sei se é decadência ou depravação, mas meu corpo parece ter o que elas desejam! Algo como o de um sultão turco.

Assim que se sentiu aliviada por ter falado tudo aquilo, Taeko viu o deserto que nesses instantes sempre lhe surgia inesperadamente diante dos olhos.

O deserto...

Não que expressasse tristeza, solidão ou vazio em particular. Apenas um páramo infindável que, ao se aproximar dele, acabava deixando sobre a língua, entre os dentes, um gosto de areia.

Por mais que falasse e que seus interlocutores fossem pessoas amigas, Taeko sempre se preocupava se os fatos narrados fielmente não seriam interpretados como um palavreado para enfeitar o infortúnio de ter sido abandonada por um homem.

No entanto, ela não se abatia por tais opiniões alheias. E podia afirmar que tampouco tinha a ver com a idade.

Era simplesmente o deserto, nada mais do que isso. A única maneira de resistir a ele seria, sem esmorecer, engoli-lo o mais rápido possível. Engolir o deserto. Que mais poderia fazer?

Taeko segurou o copo no qual uma linda água fria tremia e botou para dentro algumas fatias finas de carne.

5

Depois, Suzuko discorreu sobre suas recentes aventuras amorosas, e Kaizuka relatou abertamente como fora para a cama com três garotas ao mesmo tempo. Nobuko se limitou a relatar alguns poucos fatos sobre o homem por quem se apaixonara, evitando de todo censuráveis descrições íntimas, apesar de ser ela a mais afoita quando se tratava de dar o primeiro passo.

Quando Nobuko terminou de falar sobre seus assuntos privados, interrompendo o relato a seu bel-prazer, comentou sobre os rumores de um novo filme a ser lançado e, como sempre, prometeu chamar os três para a pré-estreia. Um tipo de promessa que raramente cumpria.

Enquanto comiam crepe suzette de sobremesa, as três, de tanto falar, ficaram exaustas. Seus rostos traíam a embriaguez, e, quando se deram conta, cada uma se olhou às pressas no espelho do estojo de pó compacto. Kaizuka se dirigira para outra mesa e conversava com clientes estrangeiros.

Suzuko abria a boca ingênua e, embora açoitada pelo provável sentimento de culpa caso engordasse ainda mais, engolia um após outro pedaços fofos e quentes de crepe.

Com seus grandes olhos bem abertos, disse algo impensável.

— Uma noite dessas fui a um bar gay.

— É? Mas não há nada de raro nisso.

— Em Ikebukuro! Qual era mesmo o nome? Ah, sim, Jacinto. Lembro que havia ali um lindo barman. Creio que seja do tipo que Taeko gosta.

— Alguém que trabalha num bar gay? Não me atrai. Cruzes, só de ouvir me causa arrepios.

— De afeminado ele não tinha nada! Todo ensoberbado por detrás do balcão, com um rosto de esplêndida masculinidade. Talvez sua aparência realçasse por estar em meio a outros rapazes com trejeitos femininos.

— Eu jamais procuraria homossexuais por mais degradante que fosse minha situação.

— E eu que julgava você uma conhecedora das coisas mundanas — disparou Nobuko com certa venenosidade.

— Pois saiba que em lugares como esse há também muitos homens héteros fazendo bico! Os *bartenders* em particular se enquadram nessa categoria. Não é porque estão em um bar gay que os rapazes são todos necessariamente homossexuais.

Taeko começou a sentir uma leve dor de cabeça. Em sua mente, o mundo deletério descrito pelas duas amigas girava vagamente como as pás de um moinho de vento. As perversões do ex-marido não tinham cunho de homossexualidade, mas serviram para ela, ainda jovem, entender a profundidade do tenebroso abismo existente para além das convenções sociais. Isso a levou, em vez disso, a criar para si o hábito de sempre perscrutar esse abismo no fundo das aparências elegantes, como as das pessoas reunidas no coquetel daquele dia. Ela sonhava que a juventude e a força que almejava estariam, na medida do possível, na direção oposta dos tenebrosos abismos. Tudo que perturbasse essa direção e embaralhasse sua percepção lhe causava mal. Porém... Por um lado, no seu coração havia sinais de um vago desespero e langor em relação à pureza de seu sonho. Se aquilo fosse um tenebroso abismo, seus sonhos não passariam de imagens finas de plástico.

O tédio de uma juventude e de uma saúde comuns! A bem da verdade, as dúvidas despertadas no coração de Taeko pelas palavras de Suzuko a fizeram conceber o novo e estranho sonho de que um verdadeiro sol provavelmente brilharia no fundo do tenebroso abismo. Os sóis até então tocados por ela não passavam de enfeites de plástico.

A ebriedade das três amigas provocada pela garrafa de vinho tinto fez brotar na superfície, como uma escuma, o cansaço da jornada de trabalho, e Taeko se viu prensada entre a ideia de voltar para casa e dormir e o medo de, se retornasse naquele estado, não conseguir pegar no sono ao se deitar no leito solitário.

Por fim, dividiram a conta, pegaram um táxi e, com Suzuko como guia, foram ao Jacinto em Ikebukuro.

Tão logo abriram a porta, apareceu de imediato a dona do estabelecimento, um homem vestido com quimono.

— Ah, sejam bem-vindas, queridas. Que inveja ver três mulheres tão encantadoras. Um choque para uma nota falsa como eu. E dizer que eles pagam o triplo para nos ter... Bem, entrem, por favor.

Dizendo coisas do tipo, a dona as conduziu até um camarote. Na parede havia um quadro de estilo antigo, *O julgamento de Páris*. Intrigada, Taeko se questionava se aquele tipo de quadro em um estabelecimento semelhante seria para dar ênfase a Páris ou às três deusas. Algumas travestis com quimonos logo vieram em algazarra se sentar entre elas oferecendo toalhinhas de mão quentes. Sob a iluminação débil devido à fumaça dos cigarros, por um tempo não se pôde ver nada.

Uma das travestis levou o pedido delas até o balcão. Nesse momento, Suzuko pressionou o joelho de Taeko e lhe fez um sinal com os olhos.

Em meio à tênue iluminação no balcão, um homem visto apenas da cintura para cima estava com seu perfil escultural abaixado. O rosto que se ergueu para responder ao rapaz, com sobrancelhas severas e traços masculinos, era de um homem deslumbrante, do tipo difícil de se encontrar.

6

Demorou um tempo razoável até Taeko se encontrar com o barman em um local fora do bar.

Ela sempre se sentia atraída por uma carinha bonita e se encantou à primeira vista pelo rosto e pelo físico do rapaz, a quem todos chamavam pelo diminutivo Sen-chan, embora não tivesse chegado ainda à idade em que uma mulher pudesse se entregar desavergonhadamente a fantasias eróticas. Mesmo em uma aventura amorosa casual, desejava despender um bom tempo nos contatos preliminares, pretendendo, até certo ponto, ser seduzida pelo parceiro.

Antes de mais nada, uma mulher precisaria de muita coragem para frequentar sozinha um bar gay. Essa coragem lhe parecia um teste para se libertar do seu antigo eu, de forma que se impunha a tarefa de tomar um táxi na calada da noite mandando o motorista parar diante do bar. A travesti Teruko, com quem aos poucos se familiarizara, lhe sussurrou o seguinte ao pé do ouvido, por pura gentileza ou ciúme aniquilador:

— Queridinha, se você gosta de Sen-chan, não há por que hesitar. Ele faz qualquer coisa por dinheiro. Leve-o para passar a noite em algum lugar e com cinco mil ienes você dará cabo do assunto. O rapaz vai para a cama com todo mundo! Se está com medo de alguma complicação futura, deixe tudo por minha conta! Em se tratando dele, o receio é infundado, mas, por via das dúvidas, se ele por acaso quiser se fazer de besta, eu me encarrego de enquadrá-lo, pois conheço todos os seus podres. Não há motivo para tanta inquietação. Ouça bem: uma mulher de estirpe não deve se curvar a seu orgulho.

Taeko ficou bastante surpresa ao constatar que suas emoções não eram nem um pouco afetadas por maledicências que deveriam instantaneamente lhe abrir os olhos. Logo se tranquilizou, afinal desde o início desprezara o rapaz que conhecera. Na noite dessa conversa com Teruko, pela primeira vez teve um sonho erótico com Senkichi.

A hesitação de Taeko em ir a um bar gay se manifestava sob diversos aspectos. Desde que passara a ter um segredo, sua vida se tornara mais palpitante. Apesar de ser natural frequentar um bar gay às escondidas, ela procurava se vestir com ainda mais elegância para evitar ser indiscriminadamente confundida com as demais frequentadoras do local. Ficava satisfeita por suas roupas serem elogiadas pelas travestis, que têm uma percepção muito mais apurada em relação às vestimentas femininas, mas temia assim revelar sem querer sua real natureza. Por outro lado, havia o medo vaidoso de uma mulher como ela, apesar de indiferente à sua reputação na sociedade, de ser reconhecida e considerada como alguém que se rebaixou por sede de amor ou, mais claramente, por necessidade de homem, a ponto de frequentar um bar gay.

A última opção era, em princípio, a mais importante para ela. Se percebesse que pensavam isso a seu respeito, provavelmente já teria se casado de novo há tempos. Porque o fundamento da sua liberdade residia no fato de ser rica, bela e rodeada de pretendentes; e por não se contentar absolutamente em ser escolhida e amada, nem sequer olhava para quem não fosse de seu interesse, portanto era impensável se enganar.

Taeko tomou Teruko como aliada e, em troca de gorjetas, obtinha diversas informações sobre Senkichi. Assim, ela descobriu que o rapaz era um distinto estudante da Universidade R**. Seu pai, após a falência da pequena fábrica que administrava e impossibilitado de continuar a custear os estudos do filho, mudou-se para o interior de Chiba acompanhado da mãe e das duas irmãs mais novas do rapaz. Dessa forma, ele precisou se sustentar e se viu forçado a procurar um trabalho de meio expediente bem remunerado para bancar seus estudos. Por acaso, viu o anúncio do bar em um jornal. Ali, foi logo mimado e se decidiu a aprender aos poucos a profissão de barman. Ouvindo que ele praticara boxe no ensino médio, Taeko aproveitou para perguntar:

— Sen-chan, é verdade que você praticou boxe?
— Bem, foi apenas um passatempo!
— Mas participou de torneios?
— Não, não cheguei a esse nível.
— Ainda bem. Se tivesse levado a sério, a esta altura seu rosto estaria todo deformado.

Ela chegara ao ponto de poder brincar com ele.

Por conhecer um pouco o lado oculto das pessoas, Taeko avaliava que Teruko, suposta aliada, poderia estar de alguma forma manipulando o rapaz por debaixo dos panos e que ambos estariam aguardando uma ocasião propícia para tirar proveito dela, suposição a que muito se apegava. No entanto, depois de várias idas ao bar, ao constatar que o rapaz de poucas palavras e sorrisos eventuais não demonstrava em suas imutáveis atitudes para com ela nenhuma forma de abordagem peculiar a um gigolô, Taeko ficou perplexa com as diversas hipóteses que ela própria aventava.

Na primeira delas, ele se afiguraria a um rufião incondizente com a idade e haveria suspeitas de que se aproveitava disso para seduzir mulheres.

A segunda hipótese consistia na ideia bastante ilusória de que ele estaria apaixonado por Taeko e, devido à timidez própria dos jovens e ao acanhamento diante de uma mulher elegante, estaria dissimulando suas emoções.

Na terceira, e obviamente não o tomando por um membro do Partido Comunista, ele teria ressentimento de classe em relação a mulheres com jeito de pertencerem à alta sociedade.

E na quarta e muito improvável hipótese, por trás da impecável aparência masculina, na realidade não se ocultaria um misógino?

De tanto hesitar entre inúmeras possibilidades, Taeko aos poucos começou a pressentir perigo.

Ela se lembra até hoje da hesitação, provavelmente o prenúncio de um sentimento mais sério, inapropriada para uma aventura amorosa inconsequente. Por isso, encerrar o caso pagando cinco mil ienes, como sugerira Teruko, seria decerto o melhor caminho para preservar a segurança.

7

Envolto pela fumaça dos cigarros, Senkichi trabalhava do outro lado do balcão, diligentemente como de costume, vestindo um colete preto bem justo com botões dourados, com os braços vigorosos aparecendo sob as mangas arregaçadas da camisa social. Aos muitos clientes que tentavam puxar conversa, ele se restringia a respostas lacônicas, e, observando-o trabalhar, podia-se pensar que as palavras de Teruko sobre ele entregar o corpo a qualquer um não passassem de algum tipo de difamação.

Quando às vezes ele interrompia o trabalho por um instante, a melancolia da juventude flutuava nas curvas harmoniosas de suas sobrancelhas. Nesses momentos, Taeko criava à força em sua mente a imagem de um jovem solitário, sem nenhum apoio, oprimido pelo peso da sociedade moderna.

— Quando é sua próxima folga?

Taeko fora ao bar em horário de pouco movimento, pensando desde o início em lhe perguntar isso, e conseguiu fazê-lo de um jeito bem natural.

— Depois de amanhã.

— Tem algum plano?

— Nada em especial. Pensei em dar um pulo até a escola, faz tempo que não vou.

— Mentiroso!

Os dois riram. Enquanto ria, Taeko fazia cálculos. Se fossem dois dias depois, ela não tinha nada programado para depois que fechasse a loja às seis horas.

— Que tal jantarmos juntos?

— Bom... Mas dispenso lugares cheios de frescura. Se for no meu ritmo, será um prazer acompanhar você.

O abrupto relaxamento no emprego das palavras foi um pouco estarrecedor, sobretudo porque ele manteve o semblante sorridente. Por um momento, Taeko pensou em voltar atrás, considerando tudo um erro de cálculo, mas ao mesmo tempo a excitação e o arrepio, que desde o começo ela esperava de Senkichi, de tão inusitados a impediram de retroceder.

Combinaram de se encontrar dois dias depois, às seis e meia, em uma casa de chá que ele escolheu. Como Taeko não conhecia a localização do estabelecimento, o rapaz desenhou rapidamente um mapa simples atrás de uma nota fiscal. O fato de parecer bastante acostumado a desenhar esse mapa desagradou a Taeko ligeiramente, mas ela logo se convenceu de que não devia se amofinar por tão pouco.

***

O dia do encontro chegou. Era 25 de fevereiro. No dia seguinte, haveria o compromisso regular das Damas do Parque Toshima, e, se naquela noite algo acontecesse ou algo terminasse, Taeko teria ainda assim um assunto para relatar em detalhes na reunião.

Nesse dia, também com o objetivo de educar o gosto de Senkichi, Taeko se vestiu com mais elegância do que o usual, decidindo vestir sua estilosa estola de chinchila. Senkichi provavelmente desconhecia o quanto era cara essa pele, à primeira vista assemelhada à de um baiacu. Em contrapartida, ela escolheu usar um anel barato de ametista. Receava que, porventura, Senkichi pudesse ter algum transtorno cleptomaníaco.

Também por conta do suspense, ela se preparou nesse dia como um general de partida para o front. Sobre a combinação preta, vestiu um conjunto bordado, grená, um colar de contas de vidro multicoloridas da Christian Dior, e calçou um sapato também grená de bico arredondado ao estilo Cardin, modelo que substituiu os costumeiros sapatos italianos de ponta de agulha.

A casa de chá F** era um espaço vazio, bem iluminado e do tipo corriqueiro. Por mais que Taeko tentasse se empertigar no assento, sentia-se ridícula de estar numa das cadeiras trajada daquela forma. Apesar de ter chegado quinze minutos atrasada em relação ao horário combinado, ficou irritada com a insensibilidade de Senkichi por ainda não ter chegado e ter escolhido um local que em nada combinava com ela.

"De fato, ele não é o tipo de homem com quem costumo me relacionar. Mesmo não sendo suficiente para mim, devo me contentar com algum estudante da Universidade K**", pensou Taeko, irritada também com o olhar indelicado de curiosidade da moça que lhe trouxera um café.

Taeko estava no ápice de sua miserabilidade. Apesar do estrondoso sucesso do desfile de moda da primavera, do número de clientes ricos crescendo diariamente e do projeto de ampliação da butique, ela duvidava se alguém a imaginaria naquele horário e naquele local à espera de um homem. Esse sentimento cravava esporas em seu ânimo e, ao mesmo tempo, intensificava a ideia de que esse "outro lugar" lhe era necessário justamente devido ao luxo e ao farisaísmo de que desfrutava, o que a fez perder a chance de se levantar e partir. Ela não sabia ao certo, mas se tratava de um ponto de virada em sua vida e pressentia que uma outra chance nunca mais lhe sorriria caso fugisse.

Dois clientes de meia-idade, com capotes desabotoados, entraram, sentaram na mesa diante de Taeko e, após notarem sua presença, sussurraram algo entre eles.

— Ei, garota, dois cafés!

Quando gritaram para a garçonete de pé ao lado da parede, Taeko teve o instinto de se levantar e sair.

Bem nesse momento, Senkichi entrou. Ela olhou instantaneamente para ele, sentindo-se salva, mas logo se arrependeu, surpresa, pois o som dos passos do rapaz, ecoando sob o teto baixo da casa de chá onde ele entrara bruscamente, era o de tamancos de madeira.

Apesar do frio, seus pés estavam nus dentro dos tamancos, e ele trajava uma calça jeans meio suja e desbotada, e uma jaqueta de couro com gola de pele deixando entrever em seu peito uma camisa vermelha.

"Tamancos! Tudo menos tamancos!"

Taeko, educada desde pequena ao estilo ocidental, nunca saíra à rua acompanhada de um homem que usasse tamancos. Seu ex-marido sempre calçava meias, até nos passeios à beira-mar durante o verão.

Todas as ilusões que criara em relação ao encontro daquele dia se despedaçaram, e quando Taeko pensava ter perdido o jogo antes mesmo de começar, Senkichi se sentou na cadeira em frente a ela de pernas bem abertas.

— E aí, esperou muito? — perguntou ele de súbito.

Taeko pensou consigo o quanto era indelicada aquela pergunta, mas, ao mesmo tempo, revidar com o rosto zangado seria agir como uma menininha e, levando em conta sua idade e situação, respondeu na medida do possível com um sorriso altivo.

— Acabei de chegar. Também me atrasei.

— Bem que eu imaginei! — replicou Senkichi olhando para o café ainda intocado.

Taeko decidiu não reclamar. De nada adiantaria brigar por tão pouco com alguém de quem se separaria. Julgou que também não deveria se intrometer a respeito das roupas de Senkichi, provavelmente motivadas pela pobreza ou por aperto financeiro devido a seu temperamento desregrado, muito menos que deveria produzir para ele roupas ocidentais em um ato de caridade.

Ao pensar assim (sob o provável efeito de seu olhar de estilista), as vestimentas inconcebíveis do jovem talvez combinassem com ele mais do que o presunçoso colete de barman, sendo perfeitas em todos os detalhes para uso no dia a dia e, o mais vexatório, se mostravam muitíssimo mais adequadas àquele espaço do que a elegância de Taeko, que naquela casa de chá se afigurava ridícula.

Ela nunca vira de tão perto um rapaz como ele, do tipo que se encontra em qualquer lugar pela cidade. A calça jeans prestes a rasgar nas coxas, o jeito desleixado de vestir a jaqueta de couro e até as costeletas um pouco compridas harmonizavam com sua beleza e eram perfeitos para compor o personagem de um quadro que retratasse um bairro popular. E, acima de tudo, havia nele uma força grosseira e selvagem que Taeko até então não conhecia.

— Bateu uma fome daquelas.

— Aonde vamos? — perguntou Taeko, que começou a sentir dor de cabeça.

Seria impossível entrar em um restaurante de classe acompanhada de um homem calçando tamancos. E como ele pedira para irem no ritmo dele, não poderiam escolher um "lugar cheio de frescura" ou qualquer outro onde Taeko pudesse simplesmente relaxar.

— Tudo bem. Deixo por sua conta. Se possível, um lugar onde dê para sentar sobre tatames, ao estilo japonês.

Ela procurava, desesperadamente, proteger a vaidade burguesa de não querer ser vista jantando na companhia de um homem com quem formava um par completamente dissonante.

8

Senkichi a levou a um acolhedor restaurante especializado em espetinhos de frango, no andar superior de um prédio. Antes, ao passarem por um restaurante coreano, ele fez menção de entrar, mas, felizmente, o estabelecimento estava lotado, e Taeko escapou dessa provação. Quando se viu no pequeno cômodo pouco aquecido, longe do olhar das pessoas, sentiu dissipar de uma só vez a tensão que fervilhava por dentro. Durante um tempo, esqueceu a irritação e o desespero.

Enquanto bebia uma cerveja atrás da outra, Senkichi arrancava sem parar, com seus dentes fortes, o fígado frito dos espetinhos. "Ele come como um jovem cão de caça", pensava Taeko, embora não sentisse nisso nada de asqueroso em particular. E, por falar em animais, embora naquela noite a cerca que o balcão do bar representava não separasse os dois, o rapaz parecia uma presença distante, porém real, como a de um animal contemplado na jaula do zoológico.

"Talvez eu já não o ame mais." Pensando assim, Taeko se sentiu aliviada.

— É ótimo uma sala com tatames, não? Mas basta entrar para os caras nos enfiarem a faca. É minha primeira vez numa dessas — disse de súbito Senkichi depois de acabar de raspar o prato.

— Tudo bem. Não se preocupe. — Sem se dar conta, Taeko falou com o tom protetor de uma irmã mais velha.

Ela conseguia o feito raro entre as japonesas de imitar bem o sorriso amargo das mulheres ocidentais. Era capaz de, ao mesmo tempo, franzir as sobrancelhas e rir de forma que os lábios contraíssem levemente. No passado, ela tinha treinado essa expressão muitas vezes diante do espelho até finalmente conseguir empregá-la com naturalidade. Sabia que, sobretudo, ao usar uma sombra leve nas pálpebras superiores, a expressão produzia um efeito bastante charmoso.

— Ah, essa sua cara sorridente agora foi legal. Bacana mesmo! — reparou ele, lisonjeiro.

— Você acha? Obrigada.

Até esse ponto, estava tudo bem, mas a partir daí os assuntos que ele abordou foram os piores possíveis para um primeiro encontro.

— Por que os clientes do bar são daquele jeito? Depois de frequentarem dois ou três dias, tanto os homens quanto as mulheres começam a disparar obscenidades. Eles me tratam como um mero idiota de rosto e corpo lindos e, ao me fingir de idiota, acabo me tornando um de verdade. Porra! O ser humano é realmente repugnante! Estou começando a odiar a humanidade. Se não bastasse, logo esfregam sua grana na minha cara. Mas recebo de bom grado o que me dão!

Taeko ouvia calada, fascinada pelo tom arguto das palavras, mas, conforme ouvia, sua situação se tornava estranha. Quem teria coragem para continuar um flerte depois de ouvir algo assim?

Senkichi encostara em uma janela cuja cor dos vidros mudava acompanhando as alterações intermitentes das luzes de néon dos prédios vizinhos. Ele havia baixado o rosto avermelhado por ter tomado uma garrafa de cerveja e mantinha um dos joelhos levantado de modo indelicado. De repente, ganhou eloquência, falando como se expelisse as palavras na direção de Taeko, que, ao se dar conta, se sentiu acuada.

Ela achou que seu "amor acabara" tão logo pôs os olhos nos tamancos de Senkichi. Dos dois, foi claramente ela a primeira a se sentir assim, embora não tivesse podido antecipá-lo em palavras. E, naquele momento, ao ouvir tudo o que o rapaz falava, sua boca parecia ter se fechado completamente, e eram as palavras dele que expressavam com mais nitidez que seu "amor acabara". Caso contrário, como ele poderia dizer coisas semelhantes a uma mulher sabendo que o objetivo dela era seduzi-lo?

A voz vigorosa, o hálito um tanto alcoolizado e o aspecto de animal aprisionado de Senkichi despertavam profunda compaixão no coração de Taeko. Ela esqueceu por completo a frieza de seus sentimentos de pouco antes e passou a sentir certa "amizade" por ele.

Naquele momento, era-lhe permitido perguntar qualquer coisa, por mais desagradável que fosse. Fitando os olhos do rapaz através da espuma no copo de cerveja, ela o inquiriu francamente:

— Então... você... foi para cama com todos esses clientes dos quais acabou de falar?

Ele lhe lançou um breve olhar incisivo. Logo depois, um riso repleto de fanfarronice aflorou em seus lábios.

— Ah, claro que fui! Com velhinhos sessentões e velhinhas sessentonas.

Esse momento foi absolutamente desventurado.

Taeko pretendeu perguntar: "Para garantir sua subsistência?", mas a discrição falou mais alto e ela se absteve. No entanto, sua falta de coragem se revelou lamentável. Tivesse Senkichi respondido que fora "para garantir sua subsistência", tudo se reduziria a um mero problema de cunho social, porém, se não fosse apenas para seu sustento e houvesse depravação ou outros vícios de caráter envolvidos, decerto sua agonia se tornaria ainda mais complexa.

Em meio a um longo silêncio, Senkichi não parou de beber cerveja. Pegou uma garrafa com um pouco de bebida remanescente, segurando-a como se fosse uma coqueteleira. Com uma das mãos, tampou a boca da garrafa e a chacoalhou com gestos enérgicos, rindo ao exibir a palma da mão coberta de espuma.

Pouco depois, ele se alongou sobre o tatame. Taeko contemplava de longe o semblante adormecido do rapaz variando de cor conforme a luz de néon transpassava a janela. Sem se dar conta, ela inclinou o corpo diagonalmente sobre a mesa (ela própria também estava num estranho estado de leve embriaguez) e passou a observar do alto o semblante de Senkichi exatamente como alguém contempla de cima de uma ponte a superfície sombria de um rio.

Apesar de as pálpebras não se moverem um milímetro sequer, uma lágrima de súbito escorreu do canto do olho dele em direção à longa costeleta. Por ser transparente, bem pouco parecida com uma lágrima, Taeko teve o instinto de a recolher com a ponta do dedo indicador e, num gesto ágil, levou-a até os lábios para prová-la. O gosto salgado confirmou ser uma lágrima.

Não era possível saber onde ou como o delicado toque estimulou Senkichi, mas de súbito ele abriu os olhos e se ergueu. Apoiando ambas as mãos sobre o tatame, lançou um olhar para Taeko com o semblante bastante compenetrado.

Ela tremeu, acreditando distinguir um brilho pálido no branco dos olhos do jovem. Então, ele a abraçou. Ao ser beijada, sentiu como se aquele beijo desesperadamente sombrio e ao mesmo tempo doce fosse o primeiro de sua vida. Para impedi-lo de afastar logo os lábios, ela agarrou firme seus cabelos oleosos de brilhantina, na nuca.

9

O que houve ali não passou de um beijo.
A partir de então, surgiu entre os dois algo semelhante a uma luminosa cumplicidade. Ambos se sentiram livres e alegres, não mais tocaram no horrível tema de pouco antes, trocaram diversos gracejos, terminaram o jantar e, depois de Taeko pagar a conta, saíram do restaurante.
Os tamancos de Senkichi impediram que fossem dançar.
Nessa noite de inverno, os dois caminharam ao acaso pelas ruas na direção de Kabuki-cho. Para Taeko, tudo era uma experiência nova e curiosa, e quanto mais interessante e incomum, mais sentia que tudo poderia terminar ali. E não demorou muito para se dar conta de que a cumplicidade que surgiu entre eles e a sensação de que seus corações se fundiam não passavam de doce ilusão.
Enquanto caminhavam, Senkichi não lhe perguntou "vamos a algum lugar?" ou "deseja ir a algum lugar?".
Quando chegaram à esquina do Teatro Koma, em Kabuki-cho, ele entrou displicentemente em uma cabine de tiro ao estilo americano denominada Gun Corner. A maneira como o fez dava a entender que se esquecera por completo de que estava em companhia de uma dama.
Apesar disso, esperava de Taeko, ao seu lado, que ela lhe desse o dinheiro de que ele precisasse, mesmo se tratando de valores módicos.
Depois de quinze minutos se divertindo, disse apenas: "É, prefiro *pachinko*, estou mais acostumado", e fez menção de entrar em uma grande casa de *pachinko* dois ou três prédios adiante.

Enquanto o som das bolinhas de aço batendo umas contra as outras ressoava, os dois iniciaram uma ligeira discussão em frente ao estabelecimento, onde uma marchinha militar fluía de um alto-falante.

— Você não pode deixar esse tipo de divertimento para quando estiver sozinho?

Suas vozes, lutando contra o barulho ao redor, eram obrigadas a elevar o tom.

— Não exagere. Em vez disso, que tal jogarmos juntos?

— É que eu...

— Não seja estraga-prazeres.

Sob a luz da casa de *pachinko*, a estola de chinchila de Taeko parecia mais do que nunca feita de pele de baiacu.

— Mas esse é um jogo para homens.

— O que tem a ver o *pachinko* com homens ou mulheres? A questão é enfiar as bolinhas nos buracos... Opa, o que houve? Você não está com uma cara boa.

— Deve ser culpa da iluminação. Que acha de bebermos um chá em algum lugar por aqui? Depois disso, eu deixo você se divertir sozinho.

— Quando eu digo não, é não.

— Então eu espero do lado de fora.

— Como queira.

Taeko, novamente irritada e empurrada pela multidão, acabou se postando na porta da casa de *pachinko*. Por vezes, olhava de relance o lindo perfil de Senkichi, sempre concentrado em mover as bolinhas. Ela não sabia quando aquilo terminaria.

Nunca fora tratada daquela forma. Sempre fora ela a deixar alguém esperando, mas, mesmo assim, jamais fora tão rude.

Irritada por se sentir humilhada, contraiu o pescoço devido ao frio e, justo quando pensava em um pretexto para o caso de encontrar algum conhecido, alguém bateu bruscamente em seu ombro. No que ela se virou, um homem de uns trinta anos lhe perguntou com voz insolitamente rouca, mas entusiasmada:

— Então? Me faria companhia?

Libertando o ombro da mão do homem, Taeko correu para dentro da casa de *pachinko*. Atravessou-lhe a mente a constatação inusitada de que o homem a tomara por uma prostituta. Seu coração batia acelerado de imensa raiva e horrível volúpia, mas decidiu omitir o acontecimento de Senkichi. Com certeza ele pensaria se tratar de uma brincadeira insidiosa e de má índole dela.

Havia poucos clientes no interior do estabelecimento, e Taeko se pôs de pé ao lado de Senkichi, observando com atenção enquanto ele continuava totalmente absorto movimentando as bolinhas na máquina. Era o mesmo homem que pouco antes lhe havia beijado daquela forma? Sua total indiferença não parecia deliberada, e Taeko visualizava a inocente aparência de uma fera enjaulada em sua postura impecável e seu maravilhoso perfil. Encantada, ela examinava esse ser humano tão diferente de todos com os quais se relacionara até então.

— Você veio afinal — disse ele, e, sem nem ao menos virar o rosto, pegou um punhado de bolinhas e as deixou cair sobre a palma da mão enluvada de Taeko.

Ela tentou pela primeira vez na vida jogar *pachinko*, mas as bolinhas caíam depois de passarem em vão por entre os pinos, e ela gastou todas as que recebera do rapaz.

— Então, até outro dia. Já estou indo. Entendi minha total falta de talento para *pachinko*.

— Devia tentar um pouco mais.

— Chega. A noite foi divertida. Até uma próxima.

Pela primeira vez, Senkichi se virou em direção a Taeko com um sorriso negligente no rosto, que, sob uma iluminação interna semelhante à luz do dia, pareceu por um instante de terrível beleza.

"Está tudo bem desse jeito", pensou Taeko, tomando coragem para se afastar rapidamente, repleta de satisfação estranha e fria.

"Está tudo acabado."

Ela saiu às pressas do estabelecimento e caminhou, quase correndo, em meio à multidão.

Apesar dos vários táxis livres, queria caminhar, se possível, até bem longe.

"Está tudo acabado."

Então, de súbito, sentiu intensamente a existência de Senkichi em meio a essa área de diversões ainda no início da noite. Por detrás das luzes de néon, da música dos alto-falantes, das buzinas dos carros, havia a casa de *pachinko* iluminada e nela um jovem lindo e solitário totalmente absorto por uma máquina inútil. A impressão de vazio era esmagadora, e entre a solidão dele e a de Taeko se estendeu, num piscar de olhos, um abismo profundo impossível de ser transposto uma segunda vez, mas que logo acabaria tapado pelos destroços variados de uma sociedade em desordem. Ela nunca mais poderia distinguir o rosto do rapaz, perdido no meio do acúmulo caótico de pessoas, prédios e mercadorias. A menos que ele cometesse um assassinato e sua foto aparecesse estampada nos jornais!

Taeko não sabia mais até quando poderia fugir do abismo que se abriu sob seus pés. Percebeu que nunca, como naquela noite, se sentira tão distanciada de tudo e terminara sozinha. E o beijo! Seus lábios guardavam a lembrança de um sabor sombrio e arrebatador que jamais encontrara nos lábios de outros homens. Nunca conseguiria esquecer aquele beijo e, caso os dois ficassem para sempre separados, seria uma lembrança excruciante, uma tortura para seu coração.

Então, deu meia-volta.

Temendo que Senkichi não estivesse mais na casa de *pachinko*, desta vez ela voltou praticamente correndo. Ao espiar do lado de fora do estabelecimento o perfil do rapaz, que continuava na mesma posição, foi tomada por uma sensação de rara felicidade.

— Voltei.

— Hum.

— Esqueci de te perguntar algo. Quando é sua próxima folga?

— Na primeira quarta-feira de março, dia 6, se não estiver enganado.

— Podemos nos ver no mesmo horário? No mesmo restaurante?

— Ah, sim, claro.

— Na próxima vez, vamos dançar, tudo bem?

— Hum.

10

Taeko não compareceu ao encontro das Damas do Parque Toshima no dia seguinte pretextando um mal-estar súbito. Não se sentiria à vontade se as amigas lhe perguntassem sobre Senkichi.

Até 6 de março, dia após dia, ela se concentrou inteiramente no trabalho, recusando encontros fúteis. Era uma época em que precisava manter o coração tranquilo, como a água armazenada dentro de um reservatório.

Para o encontro com Senkichi no dia 6, ela vestiu uma saia velha com um suéter carmesim de gola alta, do tipo que costumam usar as poetas. Revirando as gavetas da cômoda em estilo ocidental, retirou um casaco de pelo de camelo fora de moda que pensava em doar e deixou os cabelos deliberadamente descuidados. Sofria tentando saber o que mais poderia fazer para combinar com um homem que usava jeans. A indecisão para se vestir fez com que chegasse com vinte minutos de atraso ao horário combinado.

Como era uma casa de chá bem iluminada, dava para ver claramente os clientes no interior. Senkichi não havia chegado. Teria ele lhe dado bolo ou esquecido do compromisso? Taeko se perguntava angustiada.

Um cavalheiro sentado ao fundo, diagonalmente atrás dela, se levantou.

— Oi — disse ele.

Era Senkichi, vestindo um terno impecável. À primeira vista, o conjunto de três peças era de tecido inglês, de um marrom-escuro quadriculado e sóbrio, com uma gravata italiana de extremo bom gosto, sapatos engraxados com esmero, um lenço branco no bolso do peito. Chocada, por um tempo Taeko não conseguiu emitir uma só palavra.

11

Afinal, que artimanha haveria por trás desses trajes tão sofisticados de Senkichi? Certamente não era roupa de aluguel. Não apenas estavam bem ajustadas ao corpo, como, vistas pelos olhos de Taeko, na realidade lhe caíam muito bem. De um gosto sóbrio incontestável, as roupas realçavam ainda mais a juventude do rosto do rapaz. Por outro lado, não era o gosto refinado e sutil de um jovem de boa família, mas de alguma forma lhe conferia um ar picante de rusticidade, impedindo que parecesse um mero manequim.

Recomposta, Taeko pôde dizer, maravilhada:

— Nossa... o que é isso? Como você fica bem de terno... Está esbanjando elegância. Olha, não poderia imaginar. Que homem enigmático!

Sentindo-se "enganada", Taeko voltou a se dar conta do estado deplorável dos próprios trajes naquele dia. O estado horrendo premeditado acabou fadado a ser visto de novo com comicidade aos olhos de Senkichi.

— Você hoje também está bem — afirmou ele.

O tom de malicioso triunfo que se depreendia por trás dessas palavras fez Taeko se irritar consideravelmente, mas, ao pronunciá-las, a voz do jovem ressoava também a carinhosa candura de um homem para com uma mulher, até aquele momento jamais ouvida por ela.

— Vamos, senta aí!

Taeko ainda estava de pé.

Ao se sentar, ela percebeu que o olhar dos cinco ou seis clientes no recinto convergiam para os dois, mas, dessa vez, ela não se importou nem um pouco. Estava fascinada pela elegância de Senkichi, que destacava sua beleza.

No final das contas, devido à sua formação, Taeko só conseguia julgar o charme de um homem vestido com um terno esmerado e, ao ver Senkichi, acabou se convencendo pela primeira vez. Além disso, em trajes formais, o rapaz não aparentava o tipo de elegância dos moços ricos, que revelava o quanto a mesada dos pais era gorda; era um outro tipo de sedução, ainda mais perigoso, pelo mistério que o envolvia.

— Fiquei sem graça. Logo esta noite, estou tão desleixada que não poderemos ir a lugar algum. Esperaria até eu ir em casa me trocar?

— Não se preocupe! Está bem assim. Com autoconfiança, podemos fazer boa figura em qualquer lugar.

— Bem, tem razão... realmente.

Apesar de ele ter falado em tom de pilhéria, aquilo serviu para brotar nela uma repentina coragem. Se fosse a um clube noturno onde a conhecessem, o gerente provavelmente arregalaria os olhos devido à sua aparência, mas logo julgaria se tratar de algum capricho indecifrável. Além disso, nenhum estabelecimento recusaria a entrada de uma mulher, exceto se estivesse vestindo calças. Quem sabe até as mulheres imitassem seu jeito de vestir confundindo-o com uma nova tendência da moda.

Por pura provocação, Taeko teve então vontade de constranger Senkichi, e disse com desembaraço:

— Esta noite, você vai seguir o meu ritmo.

12

Para surpresa de Taeko, mesmo sendo levado a um elegante restaurante francês e tendo de escolher o cardápio, Senkichi se saiu bem na tarefa.

— Você tem cara de sonso, mas conhece tudo, seu malvado! — exclamou ela.

Nesse momento, surgiu no rosto dele uma expressão de malévolo orgulho, e o que ele disse fez Taeko arrepiar.

— Muitos estrangeiros frequentam nosso bar em Ikebukuro. De tanto me levarem a diversos lugares, acabei aprendendo. Mas não é algo de que deva me envaidecer!

No clube noturno aonde foram depois do jantar, havia um espetáculo de dança espanhola. O dançarino principal, um homem calvo, brindou o público com um magnífico sapateado, agitando os poucos cabelos que lhe restavam na cabeça. Senkichi assistia à dança com um ar altivo. No silêncio obstinado desse jovem bem-vestido, revelava-se uma dignidade física quase deprimente.

Um pensamento assaltou Taeko, enquanto ela o olhava de soslaio: a dignidade do rapaz era a de um gigolô.

Os homens de posição social elevada com os quais Taeko se relacionava obviamente tinham uma dignidade razoável, mas via de regra do tipo social ou intelectual, adquirida apenas quando estavam em seu declínio físico e envolta em humildade ou arrogância diante da vida, ou seja, não tinha relação com a insolência derivada do próprio físico, como era o caso de Senkichi. Embora no olhar sobranceiro que o rapaz lançava ao redor devesse, por lógica, haver também uma fanfarronice imberbe, revelava-se com clareza o sentimento de desdém de um lindo e forte animal naturalmente direcionado aos seus pares menos favorecidos. Esse olhar, diga-se de passagem, era o mais odiado pela camada superior da sociedade.

"Quando ficarmos mais íntimos, vou precisar adverti-lo!", pensou de súbito Taeko e se admirou ao constatar esse desejo pedagógico um pouco prematuro em seu coração.

Taeko sugeriu que Senkichi bebesse tequila, o "saquê mexicano", e pediu para si um Cointreau.

Ela lhe ensinou a maneira tradicional dos mexicanos beberem: coloca-se uma fina rodela de limão com sal entre o polegar e o indicador da mão esquerda cerrada e, após lambê-la, vira-se a forte tequila em um só gole. Apesar de ter mostrado como se fazia, dobrando ela própria os dedos da mão áspera do rapaz, ele troçava errando a forma de fechar a mão, algo que mesmo um bebê conseguiria fazer, e levantando de repente o polegar com enorme força para resistir à pressão imposta pelos dedos macios e finos de Taeko. Enquanto entrelaçavam dessa forma seus dedos, no peito de Taeko ressoava algo parecido a um trovão distante.

Ambos tomaram bebidas translúcidas e incolores. A aparência era de fato a mesma, duas bebidas destiladas, sendo a tequila fogo, e o Cointreau, mel.

— Gostou da tequila?

— É maravilhosa — afirmou Senkichi lambendo a articulação do dedo coberta de sal.

— Já provou Cointreau?

— Nunca.

Em um bar de terceira classe, nenhum cliente pedia esse tipo de bebida, e o barman não teria necessidade de experimentá-la. Taeko desejava os lábios de Senkichi e entregou-lhe o próprio copo para que ele bebesse um pouco.

— Nossa, tem cheiro de remédio, doce demais, não é meu tipo de bebida.

— Não faça essa cara. Falta um pouco de doçura em você, é preciso complementá-la.

Terminado o show, os dois se levantaram para dançar. Ao saírem para a pista de dança em frente ao palco, Taeko voltou a se sentir constrangida com o suéter de gola alta, mas forçou-se a pensar em si mesma como uma excêntrica poeta. Que mal havia em um suéter? Ela ouvira dizer que Greta Garbo andava para todo lado vestindo um suéter cinza, sem problema.

Pela primeira vez, Taeko dançou abraçada a Senkichi.

Enquanto dançava, odiava a sensação de estar dentro de uma estufa tépida, de estar envolta em algo vaporoso. Dançando abraçada a ele, sentia-se pendurada numa prensa de madeira de um antigo instrumento agrícola. Em vez de delicadeza, era tomada por um vívido sentimento de algo semelhante a um ataque e uma atitude de menosprezo, sem o mínimo sinal da apurada adoração pelas mulheres. As coxas musculosas dele pressionavam impropriamente suas coxas macias.

Ela lhe pediu ao pé do ouvido para abraçá-la mais forte. E ele assim o fez. Ela se aproximava e se afastava das faces cálidas do rapaz para logo voltar a se aproximar e se afastar... Pareciam imersos em uma alegre ebriedade, ambos estirados em uma pradaria no verão, em que Senkichi arrancava uma folha de grama para fazer cócegas nas bochechas de Taeko com sua ponta trêmula. A pista de dança no escuro clube noturno tornava-se por vezes a pradaria no verão, e a grama quente e o corpo de Senkichi envolto no traje de tecido inglês exalavam o aroma da relva sob o forte calor.

Não era o deserto.

Sem dúvida, não era o deserto!

Taeko achava ridícula a sensação de felicidade e procurou jogar a culpa na embriaguez, mas até aquele momento raramente esse estado a deixara feliz. A sensação de felicidade era bastante lúcida. Como se visse um tabuleiro de xadrez com todas as casas bem delineadas, sem nenhuma ambiguidade.

Com vontade de sentir a felicidade com mais clareza, Taeko afastou ambas as mãos dos braços de Senkichi e, num ímpeto, espalmou-as sobre as faces dele.

"O rosto dessa pessoa está aqui. Não há dúvida de que está aqui", pensou.

Sem exibir nem mesmo um sorriso, com seriedade cruel, Senkichi deixava cair sobre o rosto de Taeko um olhar deslumbrante e tenebroso. Como se estivesse cega, Taeko tocou e acariciou toda a extensão do lábio inferior do rapaz. O lábio cedeu, e ela vislumbrou os dentes brancos que lembravam os de um cão de caça.

Embora até então não tivesse partido dela dizer algo semelhante, repetiu várias vezes:

— Eu te amo, eu te amo, eu te amo.

13

Taeko percebeu um idoso, que dançava com uma das atendentes de vestido branco, olhando incessantemente em sua direção.

Ele alcançava somente a altura do queixo da parceira, sua roupa ocidental estava fora de moda, e mesmo a dança era no mais absoluto estilo inglês. No rosto parecido com o de uma escultura de madeira abria-se um sorriso também cinzelado. Com a ponta dos dedos, ele dirigiu um cumprimento a Taeko. Era o ilustre ex-marquês ornitólogo.

Com o cumprimento, os passos de Taeko se tornaram instantaneamente deselegantes. Apressando Senkichi, voltaram para a mesa. Por fim, o marquês também retornou para a dele acompanhado da atendente. Taeko percebeu pela primeira vez que a cadeira do marquês ficava justo atrás da sua.

Até havia pouco, não dera ouvidos às conversas trocadas naquela mesa, mas então passou a escutá-las com atenção. Era um grupo vulgar de aristocratas, de aspecto interiorano, e Taeko não entendia a razão de o recluso ex-marquês ornitólogo ter sido convidado por eles. Porém, aos poucos compreendeu que se tratava de um encontro em que homens bem-sucedidos do torrão natal do marquês convidaram seu antigo senhor.

— Nossa, o mestre continua dançando divinamente como em outros tempos. Diferente da nossa, sua dança é galante e refinada! E vocês, meninas, acostumadas a só dançarem de rosto colado, não conhecem aquela satisfação. Aquilo é uma verdadeira dança, vejam e aprendam!

— O senhor foi chamado de "mestre". Seria um ex-professor de dança?

— Mestre. Que ignorância! As mulheres de agora são mesmo ignóbeis. No passado, algo assim bastaria para condená-las à decapitação.

— Rá! Uma cabeça tão formosa não pode ser atirada longe! Eu a empalharia e a colocaria ao lado dos meus espécimes de pássaros do paraíso. Ela seria muito mais agradável aos olhos.

Taeko ouvia horrorizada as brincadeiras cruéis que o velho marquês se esforçava em contrapor aos amigos. Para piorar, hesitante com a sensação de felicidade que obtivera graças a Senkichi, ela acabou se deprimindo.

Aqueles aristocratas não deviam sequer ser antigos samurais e certamente descendiam de classe das pessoas que, no passado, não conseguiam sequer se aproximar de um senhor feudal. Por si só, isso não constituía um problema, mas por que essas pessoas precisavam ridicularizar expressamente seu antigo senhor? Seria um derradeiro alívio pelo ressentimento de classe passado de geração em geração? Consciente ou não, era um enigma o estado de espírito do ex-marquês diante de pessoas que faziam dele um bufão... Não, é provável que o ex-marquês, ao finalmente perder o amor-próprio, apenas estivesse feliz em poder frequentar de graça um luxuoso clube noturno onde nunca estivera.

Taeko espiou furtivamente o perfil de Senkichi, que mantinha o olhar ao longe. Imaginou o desprezo por ela em ebulição nos olhos sombrios do rapaz. Comparado a esse desprezo, a maneira como os aristocratas rurais faziam seu antigo senhor de gato e sapato parecia bastante ingênua e inocente. Teria o amor-próprio de Taeko, que havia muito o tinha extirpado de si, voltado agora a lhe causar sofrimento por influência do ex-marquês, com quem se deparara nesse local inesperado? Enquanto imaginava se não estaria com um forte complexo de perseguição, conjecturou da seguinte forma o que Senkichi estaria pensando:

"Que velha bruxa. Basta esfolar um pouco a superfície para aparecer uma ninfomaníaca com ares de superioridade. Deixa-me de bom humor, mas, na verdade, sua única intenção é me usar como objeto sexual. Finge humildade, mas seu rosto cheio de pequenas rugas é pura soberba. Olhe só para ela! Logo se desvencilhará de seu orgulho e todo o resto e virá aos prantos se agarrar às minhas pernas cabeludas..."

Enquanto imaginava arbitrariamente as más intenções do parceiro, ardia dentro dela uma vontade combativa.

"Se essa é sua intenção, não me darei por vencida. Bastam uma noite e uma nota de cinco mil ienes para me sagrar vencedora."

Apesar de tudo, havia algo de extraordinário na beleza de Senkichi. Doçura, altivez e solidão se sobrepunham à virilidade. Taeko não conseguiu nem por um instante afastar os olhos do perfil dele. Para dissimular como lassidão o que havia nela de belicoso, propôs languidamente:

— Vamos dançar? — E se levantou.

14

Saindo do clube, expostos ao vento noturno enquanto esperavam pelo táxi que o porteiro fora providenciar, os dois trocaram palavras discretas aninhados um no outro devido ao frio.

— Está bem para você?

Taeko assentiu com a cabeça em silêncio. Estava feliz que Senkichi tivesse sido o primeiro a falar.

— Onde? — Senkichi voltou a perguntar.

Ela hesitava em levar o rapaz, um total desconhecido, para seu apartamento. Porém, para não ser desmascarada em sua hesitação, apressou-se em responder:

— Shibuya.

O hotel ficava nesse bairro e lhe fora apresentado havia tempos por Suzuko Kawamoto, assídua frequentadora, embora Taeko nunca tivesse posto os pés nele. "Nunca", na realidade, era uma mentira, pois quando criança ela o visitou em duas ou três ocasiões. Antes da guerra, o prédio fora residência de um pequeno ramo da família de um poderoso industrial, mas agora, depois de reformado, se transformara em um hotel no sistema associativo, sendo frequentado por artistas de cinema e outras pessoas cuja profissão as expunha aos olhares públicos.

— Não me lembro exatamente do local. Será possível descobrir onde fica? — perguntou Taeko quando o táxi deixou para trás a estação de Shibuya.

— Não precisa fingir ingenuidade!

— Que antipático! Não estou familiarizada com esse caminho, fique sabendo!

Taeko pensou por um momento em contar que o hotel era, no passado, uma residência aonde ela costumava ir brincar, mas desistiu para evitar revelar sua condição social.

Seu senso de direção costumava ser péssimo, sobretudo de madrugada. Foi, portanto, um verdadeiro milagre que, após orientar o táxi por todos os cantos do distrito de Kamiyama, tenham conseguido chegar ao hotel. Até porque o prédio não possuía sinalizadores de néon, apenas uma pequena placa de bronze com o nome gravado na entrada. Os dois desceram do táxi diante dele. A aparência noturna do antigo e elegante prédio ocidental, com o caminho de acesso aos carros revestido por cascalhos, de súbito trouxe de volta a Taeko lembranças dos tempos de criança.

Decerto, em um passado longínquo, ela viera a essa casa. Depois de o carro cruzar o portal, a mãe descia em frente à porta puxando a filha pela mão. Com que propósito ela viria a esse lugar? Não seria algum plano para obter dinheiro, uma vez que, na época, a família Asano já mostrava sinais de decadência? Estaria a mãe levando-a ao lugar como forma de dissimular sua vergonha? Quando as conversas sobre negócios começavam, Taeko logo era mandada para a sala de visitas e acabava indo brincar com as crianças da casa no salão de jogos.

De braços dados com Senkichi, quando caminhavam pela via de acesso, lhe sobreveio a ilusão de que o passado longínquo a visitava. Um passado frio, formal e sombrio, porém, ao mesmo tempo, deslumbrante.

Nas janelas do prédio de estilo ocidental, brilhavam lâmpadas de luz tênue e insinuante, e o balcão acima da entrada era cercado por um parapeito de ferro. Sentiu que ali viveram seus pais ainda jovens, o ex-marido ainda adolescente, primos de rostos macilentos e muitos parentes e criados discretos dirigindo-lhes palavras tímidas. Jantares diários contritos e solenes.

— Senhorita Taeko, poderia, por obséquio, me passar o sal?... Muito agradecido.

— Como foi o seu dia hoje na escola?

— A chatice de sempre.

— Senhorita Taeko, não é de bom-tom se expressar como um menino.

***

Subitamente, uma incrível alegria se apoderou de Taeko. Ao penetrar nesse passado, ela o reduziria a pó naquela noite. Que blasfêmia! Vestida com um suéter de gola alta e uma saia barata, de braços dados com um jovem gigolô, ela entrava no hotel com os pés sujos de lama.

— Nossa. Tem todo jeito de uma mansão mal-assombrada.

A exclamação alegre de Senkichi inflamou a felicidade de Taeko.

— Que horror. Há guimbas de cigarro pelo caminho e a sebe está toda empoeirada. Decerto nunca limpam aqui.

— Ou seja, está perfeito para nós! — afirmou Senkichi bem-humorado e alheio a tudo.

Taeko apertou a campainha, disse à mulher com ares de empregada doméstica que vinha por apresentação de Suzuko, e os dois foram de imediato conduzidos a um quarto do andar superior. Quando acenderam a luz, o cômodo, em estilo ocidental de cerca de dez tatames, destruiu todas as suas ilusões. Desde as cortinas e móveis baratos à moda americana até a pequena cozinha equipada, nada combinava com o estilo do prédio.

— O banheiro fica aqui. — A empregada indicou com orgulho uma banheira de ladrilhos do tamanho de uma lixeira. Os ladrilhos tinham o padrão quadriculado rosa e branco.

15

Bem, à parte os pontos positivos e negativos dos homens com quem se relacionava, aquela situação não era incomum a Taeko. O que ela mais temia era engravidar, e achava necessário advertir os parceiros para tomarem as devidas precauções. O momento exato de falar era deveras delicado e, justamente por isso, quanto mais pensava, mais se sentia pouco à vontade. Ela tinha o hábito pragmático de tocar no assunto quanto antes. Ao fazê-lo, a reação de Senkichi foi inusitada.

— Nossa, e agora? Estou desprevenido.

Tomada de ligeira raiva, ela deixou escapar algo que não deveria pronunciar.

— Quem diria? Apesar da aparência, não passa de um amador.

Senkichi permaneceu um instante calado, e Taeko logo percebeu o perigo desagradável por trás desse silêncio. Por isso, passou bravamente ao gesto seguinte, decidido e sem refinamentos, tentando se safar bem da situação.

— Então use este, por favor.

Senkichi se aproximou devagar para recolher o que Taeko tirara da bolsa de mão e atirara com ímpeto sobre a cama.

— Estava preparada, pelo visto. Que surpresa! Como uma prostituta.

Assim, os dois se feriam mutuamente desde o começo. Porém, o coração humano é delicado, e era certo que os de ambos estavam próximos a ponto de poder se machucar dessa forma. Por isso, cada troca de farpas cruel fazia Taeko sentir um pouco de medo, de raiva, de desprezo. Mas era possível depreender, no fundo das palavras, um fluxo contínuo de ternura incapaz de ferir quem quer que fosse.

Esse intercâmbio grosseiro como uma música vulgar provocava em Taeko uma excitação levemente inflamada, como o toque de um chicote na pele. Ela se sentia inebriada ao recordar que em frente à casa de *pachinko* fora confundida com uma prostituta. No momento em que comprava o homem, se imaginava, ela própria, uma puta.

Os dois se despiram se encarando.

Todavia, Taeko observava com atenção. Imaginou como seria decepcionante se Senkichi, ao se despir, pendurasse meticulosamente no cabide o terno elegante e único e, com zelo religioso, manuseasse cada peça do traje domingueiro, mas, para seu deleite, com virilidade quase ideal, ele atirou longe a gravata, largou no chão as meias e apenas jogou sobre o espaldar da cadeira o casaco e as calças.

Ele estava nu. A pele morena era pura e juvenil, os músculos, ligeiramente pronunciados e arredondados. Era muito mais lindo do que vestido.

Sempre de pé, ela foi abraçada pelo corpo nu do rapaz. As mãos ásperas dele baixaram a alça da combinação. Com um arrepio a lhe percorrer todo o corpo, ela sentiu o prazer de uma excitação espantosa.

— Não precisa dizer nada. Sério, não diga nada — pediu Taeko tampando com a mão a boca de Senkichi.

Taeko não desejava receber naquele momento nenhuma bajulação óbvia, embora, dado o temperamento do jovem, isso fosse pouco provável.

As mãos ásperas dele acariciaram suas costas deslizando até a cintura. Ela desejava um beijo e enquanto o recebia repetia para si como num encantamento:

"Este homem é impuro! Este homem é impuro!"

A cada repetição dessas palavras, a pele do homem aos poucos se purificava, e ela sentia nunca ter encontrado alguém tão puro como ele.

Abraçados, tombaram sobre a cama.

O que se iniciou então foi algo de uma misteriosa elegância. Emanava de todo o corpo de Senkichi um encanto carnal raro nos rapazes de fina estirpe. De início, Taeko manteve-se insensível e, apesar de vir à tona seu péssimo hábito de fazer comparações a experiências passadas, aos poucos pôs isso de lado e, ao atingir o clímax, todas as comparações foram esquecidas.

16

— Qual é mesmo sua idade? — perguntou Taeko em um momento de relaxamento semelhante à calma de um lago.
— Vinte e um.
— Incrível. Apenas vinte e um? Que assombro!
— Bem...
Satisfeito, Senkichi criava círculos no ar com a fumaça do cigarro.
— Sabe...
— O quê?
— Me diga, o que você mais deseja neste mundo?
Senkichi franziu as espessas sobrancelhas e respondeu olhando fixo para o teto:
— Dinheiro.
— Então, o que você mais desejaria se tornar?
— Rico.
Em meio à penumbra, Taeko gargalhou.
— Você tem ideias muito românticas.
Por um tempo, Senkichi se entregou a reflexões, mas em seu ar infantil revelava-se sinceramente que, por mais que pensasse, não conseguia compreender. Porém, apenas replicou mantendo um tom circunspecto.
— O que você quer dizer com isso?
— Estou dizendo que é um pensamento romântico acreditar que tudo neste mundo se resume a dinheiro.
— Só quem tem grana pode se dar ao luxo de dizer algo parecido.
— Não é isso... Mas não vale a pena discutir.

Senkichi voltou a pensar, mas, desta vez, virou-se e a beijou docemente. Era um sinal de que pedia a explicação de Taeko como um menino quando deseja guloseimas.

— Então, deixe eu te perguntar: você nunca pensou em estudar, vencer na vida, tornar-se um homem importante, falar com insolência com as pessoas sem ser em um relacionamento carnal, enfim, não quer se tornar um desses burgueses alegres? Ou desistiu desde o início?

— Isso é um sermão para eu voltar ao caminho correto?

— Quem ouve vai pensar que você é um delinquente de reformatório juvenil. Você não é mais adolescente!

— Essa doeu.

— Lógico que dinheiro é ótimo, mas só dinheiro é tedioso. Torne-se um homem comum que saiba dar valor ao dinheiro. Vamos, rapaz!

— Então eu não serei um homem nem um pouco comum?

— Pessoas como você são poetas!

— Oh, que surpresa! É a primeira vez que me dizem algo assim… Poeta, eu? Que nada.

— Sim, poeta. Você tem um rosto bonito, um corpo lindo, gosta de sexo, sonha com dinheiro e se esforça para acreditar que é um homem de verdade. Então? Acertei na mosca? É a maneira de viver própria dos poetas. Todas as mulheres vão adorar você.

— Então me adore você também.

— Você tem toda a razão!

Nesse momento, os dois se calaram.

17

Manhã... Taeko abriu a cortina cuja superfície era banhada pela beleza dos raios de sol invernais. Preocupada com a própria pele, foi às pressas se olhar no espelho de três faces da penteadeira. Senkichi ainda dormia profundamente. Ao se ver refletida no espelho, admirou-se com a beleza de sua pele nessa manhã. Sentia-se de volta aos dezoito anos. Apesar da falta de sono, seus olhos estavam alertas, e mesmo as bolsas sob eles — talvez em parte fosse mera impressão — aparentavam ter desaparecido em uma noite. Era uma verdadeira lástima passar maquiagem em uma pele tão encantadora. Por fim, entrou na banheira antes que Senkichi acordasse e, com tempo de sobra, acabou por se maquiar.

Por mais que o tempo passasse, o rapaz não acordava. Taeko poderia sair por volta das onze para a butique, ainda tinha bastante tempo, mas também queria conversar com ele. Observou detidamente o rosto adormecido, desejando acordá-lo com um beijo.

O rosto, com cílios longos e lábios entreabertos, revelava uma infantilidade inusitada. Senkichi decerto se aborreceria se soubesse ter sido desvendado dessa forma. Enquanto Taeko o observava fixamente, pensava no porquê de aquele jovem ter exercido sobre ela um poder de dominação tão forte durante a noite.

Para ver ainda melhor seu rosto adormecido, ela puxou sem dó as cortinas para que a luz da manhã incidisse diretamente sobre ele. Ele fez uma leve careta, as sobrancelhas franziram sob a claridade ofuscante, mas as faces, de lustrosa tez juvenil, recebiam o sol da manhã brilhando como um alto-relevo dourado.

Taeko o beijou com força empurrando o rosto dele contra o travesseiro. Ele abriu um olho de cada vez e, vendo Taeko, disse:

— Pare com isso! Estou com sono.

Por fim, os dois se prepararam para partir.

— Acerte a conta você. Não fica bem para uma mulher pagar.

Taeko entregou a Senkichi uma carteira com trinta mil ienes.

— Deixa comigo.

Sem se sentir incomodado, ele pressionou a campainha chamando a empregada, pegou a nota e tranquilamente pagou o valor. Quando a empregada partiu, lançou a carteira para Taeko.

— Você não precisa? Pode ficar com todo o dinheiro.

Segurando a extremidade da carteira com os dedos, ela a balançou.

— Não há necessidade! — recusou Senkichi, resoluto.

— Por quê?

— Porque foi bom para mim também.

— Sabe que sua recusa só diminui seu charme!

— Que irritante você é!

Taeko se encheu de satisfação ao admirar pela primeira vez o rosto possesso do rapaz.

— Vamos fazer uma troca. Quero comprar algo que você tem com este dinheiro. Você me venderia?

— Não estou à venda!

— Não desejo comprar seu corpo, mesmo que você me pedisse. Quero apenas seu endereço, o número de telefone e a data da próxima folga. Não me venderia apenas isso?

— Combinado, eu vendo.

Assim, Senkichi recebeu vinte e cinco mil ienes por vender o que lhe foi pedido.

18

Taeko faltara ao encontro de fevereiro das Damas do Parque Toshima alegando uma enfermidade súbita, mas aguardava ansiosamente, contando nos dedos os dias que faltavam, o encontro de 26 de março.

Embora ávida por revelar para alguém sua nova paixão, não encontrara ninguém com quem pudesse se abrir além das duas amigas. A situação a fez se sentir profundamente solitária.

Muitos se autoproclamavam seus amigos íntimos. Alguns também viviam jurando que estariam sempre ao seu lado em qualquer situação. Caso se descuidasse e confiasse nessas pessoas contando-lhes tudo, no mesmo dia as fofocas decerto se espalhariam pelos quatro cantos.

"Taeko nunca se aviltou a tal ponto. Agora está loucamente apaixonada pelo barman de um bar gay. Até aqui, éramos amigas, mas desse jeito é impossível continuar. Seremos vistas como mulheres fáceis."

Ela tinha plena consciência disso e, diante dessas pessoas, desempenhava calada seu papel. Em geral, regozijava-se com a hipocrisia vil das pessoas, mas agora se sentia sufocada a ponto de quase perder os sentidos.

"É um perigo. Comecei a odiar mentiras. Não consigo mais suportá-las."

A existência de Taeko, em sua essência, baseava-se única e totalmente em mentiras. Ela via com clareza que, por ter sido formada assim, sua vida sofreria uma transformação profunda se começasse a odiar mentiras.

A moda nessa primavera eram silhuetas finas, padrões mais destacados, formas mais folgadas, saias evasês... Tudo não passava de uma grande mentira, e, por atuar no mundo da alta-costura, ela sabia disso melhor do que ninguém. Como estilista de moda, estava ciente disso. Apesar de ser tudo uma grande mentira, somente assim era possível ganhar dinheiro. Ninguém pagaria por verdades.

O dia chegou. As três amigas se encontrariam, como de costume, em Roppongi, desta vez na Speak Easy, uma *steak house* administrada por estrangeiros. O estabelecimento, inspirado nos bares clandestinos na época da Lei Seca em Chicago, tinha um visor na porta de entrada que permitia controlar a identidade de cada cliente.

Para conciliarem os horários de cada uma das três, decidiram marcar o encontro às nove horas. Por acaso, justo nessa noite, Taeko estava com tempo livre até as nove. Contrariada, acreditava que era um capricho dos deuses para deixá-la impaciente até o derradeiro minuto.

Decidiu ir da butique para casa para se arrumar sem pressa.

O prédio onde morava ficava em uma colina em Ninohashi, não muito longe da butique. Sua vida solitária no apartamento do sexto andar era um modelo de absoluta perfeição. Não criava cães ou gatos, não precisava de animais, bastava ela. Claro que houve ocasiões em que levara para casa namorados bem-educados, mas jamais admitiria homens vivendo ali na ociosidade ou se comportando como se fossem os proprietários do lugar.

Porém, mesmo as noites sendo todas iguais por viver sozinha, quando se apaixonava comprazia-se com a solidão e a apreciava. Era esse o aspecto frio de seu temperamento, mas a alegria de seu estado de espírito e a satisfação da solidão nesses momentos não se deviam ao fato de passá-los sonhando com o amado, mas de um modo vago, porém nítido, por se saber rica, bela e rodeada de homens. Nessas ocasiões, lia muito, organizava a correspondência respondendo cartas acumuladas e sentia prazer em ouvir discos. A alegria por estar só era genuína.

A mesma solidão era terrivelmente triste quando Taeko não estava apaixonada, e o valor de sua vida consigo mesma sofria variações para cima ou para baixo: às vezes, sentia-se triunfante, outras, não via sentido em nada, ou seja, travava uma luta constante com a própria solidão.

Naquela noite, desnecessário dizer, a solidão era agradável. Portanto, não precisava pensar em Senkichi uma vez que o prazer intenso de estar só era a melhor prova da existência do rapaz.

Taeko menosprezava quartos decorados com todo tipo de bugigangas, como amam os artistas, de forma que apenas dois ou três objetos vistosos decoravam seu apartamento. Além do maravilhoso tapete Tianjin herdado do pai, que revestia o soalho da sala de estar, havia uma estátua da Vênus de cerca de um metro esculpida em mármore âmbar, comprada também pelo pai na Europa, e a delicada figura decorativa de uma corça em bronze. Também restringira os quadros a um único de Seiki Kuroda, ajeitando o apartamento de forma a agradar apenas a convidados versados em obras de arte.

Após o banho, fez dez minutos de ginástica calistênica e, em seguida, trocou de roupa lentamente diante do grande espelho do dormitório. Sem marido para apressá-la e sem trabalho naquela noite, não precisava fazer cerimônia e podia despender longo tempo se maquiando e se arrumando.

Hesitou sobre qual roupa vestir, decidindo no final por um tailleur Nehru em seda selvagem, de nós verde-jade. Tratava-se de uma apropriação pelo mundo da moda do nome do admirável primeiro-ministro indiano Nehru, sem a autorização dele. Pôs por fim, ao redor da gola do casaco do tailleur, uma gargantilha do mesmo tecido.

Depois de experimentar vários chapéus, optou por um de cor azul da meia-noite, que combinou à perfeição com luvas da mesma cor. Os sapatos italianos eram de couro de bezerro com padrão mosqueado, semelhante à madeira de teca, e tinha uma bolsa combinando.

Quando Taeko finalmente se satisfez com sua indumentária, faltavam apenas cinco minutos para as nove, horário do encontro.

19

— Nossa, quanto tempo. Além de não mandar notícias, nos faz esperar. Mas nesses dois meses sem nos vermos, como você rejuvenesceu. Parece ter dezoito aninhos! Seja como for, ninguém te daria mais de vinte.

Suzuko zombou de Taeko tão logo ela chegou ao Speak Easy. Nobuko se manteve calada empunhando um cigarro nas pontas dos dedos finos. Ela olhou atravessado e de relance a chegada da amiga como quem faz a crítica de um filme de terceira categoria.

As três mulheres sempre tinham o hábito de conversar por longo tempo diante de seus aperitivos prediletos. Suzuko tomava um Dubonnet, Taeko, um Porto, e Nobuko bebia, com virilidade, um Martini seco.

As três, de início, conversaram trivialidades sobre os respectivos trabalhos.

— No meu caso, para fazer uma crítica de cinema, preciso assistir a muitos filmes estrangeiros, o que não me traz nada de positivo e não é nem um pouco interessante. Há muitos intelectuais apaixonados por literatura francesa atuando na crítica de filmes estrangeiros. Não há uma graça desafiadora, e, se não bastasse, os estúdios de cinema estrangeiros são avarentos! Cansei de ver os galãs das telas: os homens bonitos são todos, na verdade, uns idiotas. Já notaram que por algum motivo todos os homens de rostinho gracioso são imbecis? Dia desses, elogiei um jovem lhe dizendo: "Você se parece com Alain Delon!", e ele me perguntou impudentemente: "O que esse Alain Delon faz na vida? Se ele se parece tanto comigo, por favor, me apresente." Não é ser muito presunçoso?

Taeko e Suzuko deram uma gargalhada ao mesmo tempo, no entanto não expressaram sua impressão de que a história não provava nem um pouco que o rapaz fosse imbecil, mas sim que Nobuko não percebeu que tinha sido ridicularizada. Elas estavam quase certas de que o rapaz era o pianista do piano-bar onde elas haviam ido. Era algo de se esperar dele.

Suzuko contou que a única coisa ruim de trabalhar no restaurante até altas horas era ter de suportar clientes de meia--idade acompanhados de mulheres de bares.

— Os homens enganados pelas mulheres são com certeza aqueles de calças largas. Estamos em uma época rara na qual o valor de um homem pode ser definido pela largura de suas calças, não acham? Enfim, dia desses tive um namorico com Nobuo Kamiya — revelou Suzuko o nome de um jovem e famoso ator de cinema.

Suzuko tinha em geral uma queda por famosos. Afirmava que as celebridades são a primeira garantia de segurança em uma aventura amorosa. Por estarem constantemente receosos, não existiria parceiro mais tranquilo do que uma celebridade. Sendo restritas as chances de encontrarem alguém, avançam sobre qualquer tipo de isca que lhes joguem, concluiu.

Depois de ouvir dizer que na Itália há *paparazzi* perversos especializados nas aventuras amorosas de astros de cinema, Nobuo Kamiya passou a inspecionar até mesmo debaixo da cama dos quartos de hotel em que se hospedava. Taeko e Nobuko ouviram com interesse a história. Esse paladino cinematográfico era, na vida real, cauteloso como uma lebre e, até dirigindo um carro, olhava o tempo todo pelo retrovisor temendo estar sendo perseguido, o que por si é um enorme perigo. Além disso, ele acreditava piamente que repórteres dos semanários em busca de furos jornalísticos eram seres onipotentes capazes de se ocultar no interior de tetos, espiar por trás de janelas divisórias ou se esconder debaixo do soalho. Portanto, até Suzuko finalmente entrar em um quarto com ele, houve diversas e sucessivas inspeções. Ele chegava a confundir o leve ruído de um exaustor de ar com o som de um gravador.

Depois dessas histórias, a conversa séria de Taeko parecia fadada ao fracasso.

Ela decidiu deixar para falar depois que iniciassem o jantar. Então responderia com calma às perguntas que as duas amigas decerto lhe fariam.

Sentadas à mesa ao lado da parede coberta por seda vermelha, as três pediram lagostas grelhadas ao carvão e filé à Chateaubriand. Enquanto mordiscavam cenouras cruas, por fim chegou a hora de Taeko, com jeito bastante relutante, contar sobre Senkichi.

Porém, o desenrolar de todos os acontecimentos ainda não estava bem ordenado em sua mente. Tudo era muito vívido, o frescor de cada impressão resplandecia, mas, por mais que desejasse falar ordenadamente, não sabia por onde começar.

— Seja como for, é um rapaz excepcional. Estou totalmente apaixonada.

Nobuko e Suzuko observaram Taeko com o mesmo olhar de preocupação com que veriam uma pessoa enferma.

— Mas e o S? — perguntou Suzuko usando o código secreto para sexo.

— Nunca havia encontrado um homem igual a ele.

— Inacreditável. Afinal, ele não passa de uma criança.

— Apenas nisso os anos não parecem fazer diferença!

Taeko não sabia como descrever esse ser que combinava com habilidade juventude e maturidade.

Suzuko e Nobuko deixaram de lado os pratos servidos e ouviam tim-tim por tim-tim. As mesas ao redor estavam todas ocupadas por estrangeiros, então não havia motivo para constrangimento.

Taeko, morrendo de vontade de falar, se espantou ao ver que, chegado o momento, nenhuma palavra exata lhe saía da boca. Desagradava-lhe essa relutância que, aos olhos das amigas, poderia parecer descaso. Em sua solidão abominável, sem querer confiar nem mesmo nas duas amigas, repetia às claras expressões realmente fastidiosas.

— Seja como for, é um rapaz adorável. Nunca vi igual.

— Mas... ele é gentil com você?

Quando ouviu a pergunta, Taeko se espantou ainda mais. Senkichi teria sido alguma vez gentil com ela?

20

"Ele é gentil com você?"

Apesar da pergunta feita com naturalidade pela crítica de cinema, essas palavras mexeram com Taeko.

Seria gentileza o que Taeko buscava em Senkichi? Era uma grande indagação, e, por mais que refletisse, não obtinha resposta. Contudo, bem no fundo do coração, sem dúvida Taeko estava ávida por gentileza.

Ela própria desconhecia qual tipo de gentileza buscava. O mais certo é que, paradoxalmente, se sentia aliviada por Senkichi não ser gentil no sentido mais comum da palavra.

Todavia, Taeko estava satisfeita? Não se podia afirmar que estivesse. A pergunta a fizera perceber isso pela primeira vez. Embora até aquele momento gostasse de Senkichi mesmo com sua frieza, ela se sentiu de repente miserável por amá-lo.

Ela o imaginou um gigolô de coração sórdido e calculista, e, ainda que isso a deixasse aliviada ou até a divertisse, agora se tornara uma dor pungente dilacerando seu coração. E isso graças a uma pergunta da amiga!

O rosto de Taeko assombreou-se. Suzuko e Nobuko se entreolharam, mas não identificaram o motivo. Diferentemente dos encontros animados de sempre, as três se mantiveram caladas durante quase todo o jantar.

Suzuko lutava timidamente com seu apetite. Sem refletir muito, acabara pedindo um Chateaubriand, mas só de imaginar o naco de carne se transmutando em sua própria carne sentiu-se mal. Porém, reconfortou-se justificando para si mesma que o verdadeiro motivo da obesidade era o açúcar, de forma que bastaria não comer sobremesa.

Suzuko possuía um temperamento indolente, nem a paixão nem o apetite provinham de desejos vorazes. Devido a esse temperamento, tinha dificuldade em se impor limites. Era complicado compatibilizar paixão e apetite, e, embora no fundo sentisse que para ser amada pelos homens precisava emagrecer um pouco, derretia-se na agradável indolência de que conseguiria encontrar um homem que a amasse do jeito em que estava.

Sem perda de tempo, Nobuko se pôs a comer a enorme lagosta grelhada. Sua maneira de fazê-lo era sôfrega: despejava inúmeras vezes um pouco de molho de manteiga sobre a lagosta, ou apenas fazia menção de despejar e desistia, mantendo-se pensativa por instantes após garfar um punhado de agrião. Em suma, tinha a maneira de comer de uma intelectual. Sentada em uma postura empertigada, observava as pessoas ao redor com olhar crítico. Mesmo assim, seu prato logo se esvaziou. Refém da curiosidade, por trás de sua expressão de indiferença, como se nada houvesse no mundo que lhe pudesse interessar, mantinha as antenas alertas para captar a paixão das pessoas.

— Ah, chegou, chegou! — exclamou Nobuko dando uma piscadela para Suzuko.

— É muita ingenuidade dele achar que não seria descoberto vindo a um lugar como este. Coitado! Vamos fingir que não o vimos.

Ao levantar os olhos, Suzuko viu o momento em que um astro de cinema, homem casado, alvo de um recente escândalo devido a suas traições, e a acompanhante, uma cantora de modinhas francesas, sentaram-se à mesa ao lado. Ele trajava camisa de gola alta e gravata estreita, e a mulher tinha uma maquiagem pálida, como a das ilustrações de espíritos de Okyo Maruyama. Seus cabelos longos caíam para a frente até a metade do rosto.

— Se ela tomar uma sopa, aquela cabeleira mergulhará totalmente dentro do prato — comentou Suzuki com desnecessária preocupação.

Ao se sentar, o astro de cinema reparou na presença de Nobuko e, melhor ator que ela, se levantou, fazendo questão de cumprimentá-la.

— Oh, há quanto tempo, Nobuko.
— É mesmo. Como vai? — replicou magnânima, sem se dar ao trabalho de levantar.
— No momento, estou trabalhando exclusivamente para o diretor Segi, mas os papéis de Don Juan em geral não são o meu campo!
— Afinal, o que se cultiva no seu campo?
— Como é mordaz no jogo das palavras. Acho que só se cultivam "nabos", maus atores.

Taeko também se desfez numa risada ao ouvir a conversa.

Gestos profissionais exagerados, movimentos amplos das mãos, olhos arregalados de um astro de cinema... Porém, por se conscientizar, ele próprio, de seu status de galã e não de um comediante, os gestos sem rodeios e chiques o faziam parecer um boneco mecânico trajado à maneira ocidental.

Esses gestos desfizeram como que por milagre o ar estagnado que pairava sobre a mesa das Damas do Parque Toshima, transformando-o de repente numa rajada de ar puro e fresco. O efeito revigorante perdurou mesmo após o homem retornar à sua mesa.

— É estranho que até um homem daquele tenha seu mérito — comentou Nobuko, sensível a esse tipo de coisa.
— E assim todas são seduzidas por ele.
— Pois ele não me seduziu nem um pouco — replicou Nobuko, agora um pouco mal-humorada.

Sobre a mesa, estavam postos lado a lado, como duas sentinelas, um saleiro e um pimenteiro grandes em madeira esculpida de fabricação italiana. A água reluzia dentro dos copos, amores-perfeitos se aninhavam em um vaso prateado, e as folhas da salada impregnadas de molho murchavam.

Suzuko disse em um tom de voz como se de repente tivesse se lembrado de algo.

— Hoje sou eu quem decide o plano para o restante da noite. Não aceito contestações. Daqui, iremos todas ao Jacinto.

Taeko, surpresa, levantou a cabeça, mas Nobuko revidou de imediato:

— De acordo. É uma ótima proposta!

O jeito incisivo de falar de Nobuko, sem admitir réplica, não era por maldade. Era o tom usado quando estava segura da amizade das amigas.

— Mas...

Taeko começou a falar, mas desistiu, limpando a boca com o guardanapo. Quando enxergou com o rabo do olho a mancha do batom no papel, surgiu nela a mesma coragem enlouquecedora de quando ajeitava a maquiagem após um beijo. A coragem de enfrentar o que viesse pela frente.

"Talvez seja melhor telefonar avisando", pensou ela por um instante. Senkichi certamente precisaria de considerável disposição para receber a visita dessas mulheres com seus severos olhos críticos buscando reavaliá-lo.

Todavia, o aborrecimento de dar uma justificativa com um telefonema aliado à falta de naturalidade para, calada, se levantar de repente e ligar fortaleceu dentro de Taeko a vontade de se manter imperturbável na medida do possível diante das duas amigas.

21

Fazia tempo que Taeko não visitava o Jacinto em Ikebukuro. Por marcar sempre seus encontros com Senkichi fora do bar, já não havia mais razão para frequentá-lo, e ela própria se sentia um pouco constrangida por ser tão pragmática. Também não seria correto dizer que ela não desejava mais ver o rapaz naquele ambiente obsceno. Mesmo se encontrando com ele fora dali, a ligação de Senkichi com o Jacinto constituía o fundamento da despreocupação lúdica de Taeko.

O motivo de seu afastamento do bar fora apenas o desconforto em puxar inconvenientemente Senkichi para si. E agora que iria com as amigas, surgiu-lhe a expectativa de rever o rapaz em seu local de trabalho.

"Ele é gentil com você?"

A pergunta de Nobuko ainda ressoava fundo nos ouvidos de Taeko. Ela se questionava como poderia prová-lo naquela noite.

Ao entrarem no recinto saturado pela fumaça de cigarros, as três foram conduzidas ao mesmo camarote de quando estiveram ali pela primeira vez e puderam rever *O julgamento de Páris* pendurado na parede.

— Páris realmente escolheu Vênus, não? — disse Suzuko buscando assim posicionar o foco em Taeko.

Nobuko disparou algo completamente sem relação ao assunto:

— Há tempos não visito um bar gay. Mas me desagrada pensar que nesta enorme Tóquio só haja ambientes duvidosos como este para mimar e divertir a nós, mulheres.

— As recepções dadas pelos estrangeiros não são também ocasiões em que as mulheres são mimadas?

— Você acha? Só há senhores barrigudos.

— Se gosta tanto de jovens, deveria frequentar a base militar americana.

— Os jovens americanos são prepotentes, egocêntricos, grudentos, eu os detesto. Que maravilha seria se o Japão tivesse sido ocupado pelo Exército italiano!

Taeko ouvia essa conversa discretamente, olhando inquieta em direção ao balcão, mas Senkichi com seu colete preto não se encontrava ali. Em seu lugar, um barman desconhecido chacoalhava a coqueteleira.

Taeko pensou em buscar informações com a travesti Teruko, mas ela atendia clientes em outro camarote e seria difícil para ela se livrar deles. Com sua habilidade para entreter convidados, era muito requisitada em todas as mesas.

Depois de um tempo, Taeko perguntou a uma travesti que as acompanhava no camarote e que ela não conhecia, em voz baixa para não ser ouvida pelas duas amigas:

— Sen-chan, o barman, não está?

Sua resposta em voz possante foi seca e implacável.

— Parece ter dado uma saidinha. Queridinha, estando ou não, que diferença faz? O que não falta aqui são homens, homens e homens maravilhosos para servi-la. Deixe de caprichos, senão vai levar um beliscão!

Taeko se deu conta de que de nada adiantaria continuar a conversa, mas procurou acreditar, confiando, conforme ouvira, que o rapaz teria apenas saído para comprar cigarros ali perto e logo voltaria. Porém, um minuto se passou, depois dois, e o rapaz não aparecia atrás do balcão cheio de garrafas multicoloridas. A consideração de Suzuko e Nobuko em evitar expressamente pronunciar o nome do rapaz tornou-se um peso insuportável.

Não aguentando mais, Taeko se levantou fingindo ir lavar as mãos e, abrindo passagem entre os muitos clientes, deu uma piscadela para Teruko de dentro da névoa formada pela fumaça dos cigarros.

Teruko trajava um quimono roxo recoberto de lamê semelhante aos que atualmente as cantoras da moda usam como roupa de palco, e apenas os brincos de cristal pendurados nas orelhas a diferenciavam delas. Escondida por baixo da pesada maquiagem, Teruko tinha o rosto de um rapaz jovial e ingênuo.

— Olha só, há quanto tempo, querida.

— Isso é para você... Aceite como um pedido de desculpas pela falta de contato.

Taeko enfiou furtivamente uma nota de mil ienes na manga do quimono de Teruko.

— Obrigada; gentil como sempre. Mas, querida, você está esplendorosa hoje. A cor desse tailleur Nehru é simplesmente deslumbrante. Parece com a das florestas germânicas.

— Não é o momento para isso!

Bastaram essas palavras para Teruko intuir o que se passava.

— Olhe, Sen-chan hoje se ausentou sem justificativa. É um transtorno, mas imaginei que o motivo seria por estar com você.

— Não brinque — disse Taeko fechando os olhos e se agarrando às pressas a uma tênue esperança. Uma rapidez que, pode-se dizer, quase chegava às raias da astúcia. — Você falou de ausência injustificada. É verdade?

— Sim. Por que eu mentiria para você, querida?

— Ele não teria vindo ao bar e depois saído com algum cliente que o convidou?

— Não foi isso. Posso jurar.

— Hoje ele não veio mesmo?

— Não veio.

— Então talvez esteja gripado ou doente.

— Querida... Você e seus sofrimentos. Uma mulher na sua condição social não precisa arranjar sarna para se coçar. É muito luxo.

— Me empreste seu telefone.

Taeko discou o número com a ponta do dedo trêmulo de nervosismo. O zelador, um homem pouco amável, atendeu e, depois de a deixar esperando por um bom tempo, anunciou que Senkichi estava ausente. Taeko se sentia sufocada e aos poucos foi tomada por uma pressão no peito como se lhe aplicassem um emplastro.

Porém, se ele não saiu a convite de um cliente, ela ainda podia ter uma réstia de esperança. Caprichoso e imprevisível como era, ele poderia a qualquer momento aparecer ao acaso no bar. E, sem se desculpar pelo atraso, ainda se instalar despreocupadamente atrás do balcão.

Imaginando que a situação ainda não era desesperadora, Taeko retornou a seu assento, mas não recuperou mais o ânimo.

— Não é a senhora Nobuko Matsui? Vi sua foto numa revista — disse uma travesti.

Nobuko recuperou o bom humor, e como todos começaram a conversar sobre cinema, Taeko pôde espairecer um pouco.

Nada de o rapaz chegar. A sensação de contínua e ansiosa espera não tinha a doçura do amor. Era o estado de espírito de quem realiza uma grande aposta arriscando tudo contra o mundo, o mesmo mundo perverso e insensível do qual suas duas amigas agora faziam parte.

Nada de o rapaz chegar.

A imaginação de Taeko gradualmente se estreitava em uma espiral, e ela entendeu que seu corpo era aspirado em direção a pensamentos que até agora desejara evitar.

"Para se ausentar sem justificativa, ele deve estar tendo um maravilhoso encontro secreto com alguma amante. Uma perua rechonchuda endinheirada ou um milionário de meia-idade, ou quem sabe... (assim, Taeko finalmente encarava a possibilidade que mais desejava evitar) quem sabe uma mocinha pura e formosa de menos de vinte anos!"

Sem conseguir suportar sua desgraça, percebeu que se continuasse como estava acabaria explodindo. Uma explosão de grande envergadura e incontrolável, mas cômica como pipoca estalando na panela.

Teve a impressão de que até os galhos de flores de cerejeira artificiais ornando o teto do bar com suas cores de mau gosto riam dela. Uma mulher à espera. Apenas uma mulher à espera... E aquele menininho exercendo seu imenso poder mesmo de longe, transformando-a em uma pessoa que absolutamente não desejava ser.

— Vamos embora? — propôs Suzuko, como que lançando uma boia salva-vidas. Naquele momento, a indescritível simplicidade de Suzuko salvou Taeko.

"Ela é mesmo uma boa amiga", pensou.

Despediram-se às pressas na frente do bar. Taeko pegou um táxi sozinha.

— Para Ninohashi em Azabu.

Depois de instruir o chofer, encostou a cabeça no espaldar do assento e fechou os olhos. Sua embriaguez apresentava um estado de estranha turvação, como se áreas ébrias e abstêmias se espalhassem dentro de sua cabeça confusa. Assaltava-a com intermitência uma sensação indefinível, talvez um calafrio, possivelmente uma dor de cabeça. Com uma sinceridade para ela insólita, sem vaidade ou estratégia, seu coração não cansava de clamar pelo nome de Senkichi. Um nome despropositadamente gracioso, designando toda a estupidez deste mundo.

"Como sou tola! Como sou tola!"

Mas pensar assim não lhe trazia de volta a racionalidade; conduzia-a, estranhamente, a uma doce autoafirmação. Ela não pensaria duas vezes em abrir mão de toda sua fortuna se pudesse beijar Senkichi naquele instante.

Como se os deuses tivessem aceitado essa rara sinceridade, naquele momento um súbito lampejo de intuição perpassou seu coração.

— Por favor, para Shinjuku! — ordenou ao chofer com um berro dilacerante.

O motorista mudou a direção sem dizer palavra, parecendo acostumado aos caprichos dos clientes.

Apesar de ser primavera e altas horas da noite, ainda havia muita gente no bairro. O táxi não podia avançar até o local, e Taeko desceu em frente ao Teatro Koma e entrou diretamente na rua ladeada por casas de chá. O Gun Corner na esquina estava aberto, e diante dela surgiu a imagem de diligências e índios a cavalo numa pintura de cores berrantes.

A casa de *pachinko* funcionava durante toda a madrugada. A porta era decorada com muitos galhos de cerejeira artificiais, e havia um letreiro em que se lia "Festival das Cerejeiras de 1 Milhão de Dólares". Ao chegar em frente, Taeko espiou timidamente o interior do estabelecimento.

Encorajada por uma estranha certeza, verificou cada fileira de máquinas, passando por entre pessoas absortas no jogo.

Senkichi estava bem ao fundo, de pé em frente a uma máquina. Ainda que muito contente e aliviada, Taeko achava um desperdício correr de imediato até ele e preferiu observar com atenção, a distância, a silhueta do jovem concentrado em sua paixão solitária.

Ele arregaçara as mangas da camisa esporte preta e, sozinho, enfiava as bolinhas com um beiço de irritação, uma após outra, para fazê-las rodar dentro da máquina. Dali, Taeko pôde ver, na gola da camisa preta, escamas de caspa semelhantes a uma leve neve primaveril.

22

Desde o ocorrido, para manter seu coração sereno, Taeko concluiu ser necessário a todo custo forçar Senkichi a se demitir do Jacinto.

Normalmente, ela consultaria as Damas do Parque Toshima sobre problema dessa natureza, mas depois de elas terem constatado seu estado recente, mesmo as consultando já sabia qual seria a resposta, e, além de tudo, o orgulho de Taeko falava mais alto.

Ela decidiu resolver tudo com dinheiro. No entanto, ficava um pouco triste de usar as economias que, com esforço, fizera pensando em sua velhice solitária. Em geral, com exceção do que despendia em roupas, praticamente se acostumara a não gastar muito.

Por ter acumulado certa experiência de vida, sabia que se uma questão semelhante fosse resolvida pelo caminho mais fácil, depois haveria a possibilidade de remanescerem dissabores, e o mais ridículo era saber que seria melhor fazer as coisas do modo mais ortodoxo. Portanto, em primeiro lugar, para verificar seus desejos, perguntou a Senkichi se tinha a intenção de deixar o Jacinto.

— Você foi direto ao ponto! Imaginei que uma hora você tocaria no assunto — disse Senkichi sorridente.

— Seja como for, tem ou não tem vontade?

— Se tiver outro trabalho bom, por que não? Mas, para alguém que largou os estudos pela metade como eu, é impossível. E se você me forçar a largar o Jacinto para logo depois me descartar, é melhor eu continuar no bar. Deixe de caprichos comigo! Em primeiro lugar, não condiz nem um pouco com você.

— Se condiz ou não, não é problema seu. Mas se a proposta partiu de mim, assumo a responsabilidade. Se demorar para conseguir um novo emprego, dou um jeito nesse meio-tempo. Vamos, confie em mim. A "senhorinha" aqui é bem conhecida e relacionada.

Influenciada por Senkichi, nos últimos tempos Taeko começou a usar com ele um linguajar vulgar com o qual não era habituada.

A conversa com o rapaz estava, dessa forma, concluída, mas depreendia-se de seu modo de falar que muitas propostas sedutoras como aquela já lhe teriam sido sussurradas ao pé do ouvido, e isso sem dúvida o acautelara. Se ele nunca pensara em deixar o Jacinto e pela primeira vez levava a proposta em consideração, era evidentemente uma vitória para Taeko.

— Se for para deixar, é preciso cumprir as formalidades.
— Formalidades?
— Não quero que pareça que o persuadi a largar como se fugisse escondido durante a noite.
— Idiota! — vociferou ele, sentindo-se ofendido. — Quando eu quiser largar, eu mesmo aviso e caio fora. Não sou uma puta, e é um engano seu achar que eu sairia à francesa.

Se o rapaz se enfurecia daquela forma era porque toda a história devia ter mexido com sua sensibilidade. Taeko logo percebeu e se apressou em se desculpar.

— Peço desculpas. Mas espere mais um pouco até comunicar ao pessoal do bar que vai "se demitir". Tenho cá os meus planos.

Depois disso, Taeko convidou a travesti Teruko para irem a uma casa de chá em Ikebukuro. Foi numa tarde ensolarada, e ela se surpreendeu ao ver Teruko aparecer toda "disfarçada de homem". Olhando bem, ela tinha uma maquiagem leve, mas sua aparência, com um suéter azul-claro, a confundiria a distância com algum desses jovens detestáveis que vagam pelas ruas.

— Nossa, que surpresa. Que grande metamorfose!
— Não seja rude. Esse é o meu aspecto natural!

Sua voz era totalmente feminina. Os clientes, habituados a esses novos costumes, nem sequer se viraram para ver.

Taeko deu todas as explicações necessárias.

— Que ótimo ter me consultado. É melhor mesmo fazer as coisas direitinho para evitar transtornos posteriores! Então, a primeira coisa que quero saber, querida, é se você está segura de que poderá continuar a cuidar de Sen-chan daqui para a frente — questionou Teruko.

— Óbvio que sim.

— Que paixão arrebatadora! Longe de mim querer jogar um balde de água fria, mas, sem sombra de dúvida, pode ser uma tarefa bastante complexa. Por outro lado, isso também pode ser algo positivo. Será um aprendizado de vida para você, querida.

— Não me trate como criança!

— Nossa, me perdoe. Mas esteja certa de que estarei sempre do seu lado! Não se esqueça disso. Quando houver alguma rusga e as coisas não estiverem dando certo entre você e Sen--chan, venha me consultar. Com certeza não se arrependerá.

Ouvindo tudo isso, Taeko sentiu por Teruko uma profunda amizade nunca experimentada por alguém do mesmo sexo e, ainda considerando um pouco piegas, sentiu vontade de chorar.

Houve algumas revelações no que Teruko lhe contou.

Quando a travesti proprietária do Jacinto contratou Senkichi, ela se apaixonou perdidamente por ele, a ponto de se indispor com todos os funcionários do bar. Com o tempo, Senkichi começou a aceitar sem pudor os convites de clientes para sair, e, a cada vez, ele e a dona travavam brigas homéricas. Porém, quando percebeu que a lascívia do rapaz servia para aumentar o faturamento do bar, ela se viu num dilema, confrontada entre o amor e o interesse financeiro. Por fim, este último venceu, e ela desistiu de sua paixão. Depois disso, arranjou outro homem, e Senkichi ficou livre. Contudo, ela não o deixaria partir tão facilmente e apelaria, sem dúvida, a argumentos torpes para conduzir tudo para o lado financeiro. Teruko sugeriu agir como intermediária para chegar a um bom acordo com a dona e obter dela um compromisso escrito de não mais se relacionar com Senkichi.

Taeko sentiu asco ao ouvir sobre o envolvimento entre o rapaz e a dona do bar — um homem de meia-idade —, embora devesse estar ciente disso desde o início. Não imaginava que Senkichi pudesse apreciar algo tão deplorável. Apenas tomava conhecimento de um exemplo desesperador de até onde o orgulho extremo de um homem pode chegar.

Ser amado, tanto para homens quanto para mulheres, é distinto de amar. Tal percepção brotou em Taeko pela primeira vez após conhecer Senkichi. Eram sentimentos tão diferentes entre si como dois universos. Pela primeira vez, ela se via diante dessa verdade tão terrível da vida. É imensurável a alegria furiosa de autoprofanação de alguém que é amado. Quem ama deve acompanhar o ente amado até mesmo às profundezas de qualquer inferno.

Comparativamente, o amor de Taeko até aquele momento não estava muito longe dos sonhos de "profundo amor mútuo" das mentes indolentes das jovens colegiais.

Quando pensou nisso, surgiu um inesperado plano de reeducação.

"Fingirei ter encontrado um novo emprego para Sen-chan. Isso mesmo. Minha meta por enquanto será fazê-lo voltar a ser um estudante universitário íntegro e sério."

23

Graças a Teruko, as negociações entre a proprietária do bar e Taeko puderam ser concluídas por cento e cinquenta mil ienes. Taeko pagou vinte mil ienes a Teruko pelo seu trabalho. As palavras da dona foram uma verdadeira obra-prima. O valor pago correspondia a supostas dívidas contraídas por Senkichi com ela, e Taeko as quitava no lugar do rapaz. Em suma, era como se a dona oferecesse o rapaz de graça a Taeko, que para ela era um estorvo.

— Mas é melhor manter tudo em segredo de Sen-chan. O rapaz é orgulhoso e, se descobrisse que a pessoa amada quitou sua dívida às escondidas, execraria você e eu, e ainda por cima, como é um notório mentiroso, provavelmente te diria: "Eu não devo um centavo àquele bar. Você foi enganada." Eu me entristeceria se você acreditasse na mentira de Sen-chan e duvidasse de mim caso as coisas chegassem a esse ponto. O mais seguro é ficar calada. Amanhã mesmo, quando ele vier informar sua intenção de largar o bar, eu o dispenso do jeito correto. Ele decerto pensará que suas dívidas foram perdoadas, e naturalmente eu também ficarei bem com ele. Permita-me tirar proveito disso.

Ao lado, Teruko não conseguiu conter o riso e, virando o rosto, tossia estranhamente. Taeko se convenceu de que, se guardasse segredo, a mentira da dona do bar jamais seria revelada, e uma solução tão perfeita era afinal a mais conveniente. Além disso, se porventura o que a dona lhe dissera era verdade, bastaria guardar o segredo para não precisar enfrentar esse aspecto desprezível de Senkichi.

Dessa forma, a saída do rapaz foi arranjada sem problemas. Taeko não pôde evitar se sentir exultante quando constatou que lograra libertá-lo daquele ambiente nocivo. Como era algo realizado com o consentimento de Senkichi, visto por todos os ângulos representava uma vitória retumbante de Taeko.

Alegando tratar-se de uma comemoração, Taeko arrastou Senkichi noite adentro para todo canto. Com excelente disposição, bebeu um pouco além da conta.

— Por que está tão alegre? Tudo o que fez foi criar mais um desempregado.

— Seja como for, estou contente! Não estrague minha alegria, por favor.

Taeko contemplava com atenção o rapaz bem trajado, sentindo-se tomada pela felicidade de, por seu esforço pessoal, tê-lo resgatado de águas imundas.

Pensando bem, não importava o quanto haviam sido abomináveis até então as noites vividas por Senkichi, elas eram por si a prova irrefutável da esplendorosa "masculinidade" do rapaz, e imaginar que isso o teria manchado não passava do sentimento de uma mulher ignorante do mundo.

Taeko pensou que poderia escrever uma extensa tese sobre o tema.

Por exemplo, determinadas mulheres se comportam bem em todos os aspectos diante de um homem que lhes tolhe a liberdade desde o primeiro beijo à noite até a separação pela manhã, mas, mesmo detendo o poder de liderança, a dignidade masculina desse homem apenas aumentará e de forma alguma deve feminilizá-lo. O magnetismo masculino irradiado por esses homens constitui a força que as faz adotar esse comportamento vergonhoso.

A maioria dos rapazes com quem Taeko se relacionara até então tinha, nesse aspecto, um "orgulho viril" bastante superficial e disparatado. Eles cultivavam a bizarra ideia fixa de que não seriam verdadeiros homens se não se comportassem, em relação às mulheres, com liderança em tudo, como o céu acima da terra. E ficar em uma posição inferior à de uma mulher era por si algo vexatoriamente feminino.

Existe preconceito tão barato? Um homem de verdade, um homem por inteiro, sentado ou de pé, em cima ou embaixo, de ponta-cabeça ou virado em qualquer posição, não tem sua esplendorosa virilidade masculina cada vez mais acentuada?

Veja o exemplo de um homem que, dentre seus pares que dão enorme importância a uma tola virilidade funcional, lamentavelmente não possui nenhum atrativo sexual. De que adiantaria adotar um comportamento masculino se sobrepondo a uma mulher que, em seu coração, não lhe devota nenhum amor?

Homem ou mulher, a masculinidade ou feminilidade carnais devem brotar da exuberância sexual do próprio corpo, da exuberância de sua total existência humana. Não tem nenhuma relação com a vaidade frívola baseada em um funcionalismo parcial. O homem que apenas existe, está presente e é um homem por inteiro será sempre homem, não importa como aja.

Senkichi era sem dúvida um desses homens capazes de se adaptar rápido às circunstâncias, sem qualquer vaidade sexual comum aos rapazes da sua idade.

Portanto, no final das contas, Taeko estava muito satisfeita por tê-lo afastado daquele ambiente sórdido, mas previa que a existência do rapaz permaneceria completamente inalterada dali em diante. Em suma, por mais que tentasse se autoprofanar, ele não seria capaz de se promiscuir. Ela acreditava que, mesmo o fazendo voltar a ser um "homem sério", dali em diante nada mudaria.

Tendo estabelecido uma distinção clara até aquele momento, Taeko pensou que se empenhar para Senkichi voltar a estudar representava uma contradição.

Ela ainda não percebera o real motivo. Na realidade, ajudada pelo poder da sociedade, ela desejava privar Senkichi de sua liberdade, mesmo quando ele estivesse só.

24

Ao descobrir que a cerimônia de início das aulas de Senkichi na universidade estava programada para 12 de abril, Taeko traçou um plano minucioso. A universidade se localizava no meio de uma colina nos arredores de Kanda. No alto dessa colina, havia um pequeno e refinado hotel. Ela se lembrou de, um dia, ter visitado amigos hospedados ali e da janela pôde observar a área do portão de trás da universidade. Taeko combinou de se encontrar com Senkichi no dia 11 sem lhe revelar o nome do hotel em que fizera reserva para passarem a noite.

Desde que Senkichi saíra do Jacinto, Taeko poderia ter adotado, se assim o desejasse, todo tipo de medidas. Porém, ela tomava cuidado para não pressionar o rapaz, deixando-o propositadamente livre.

Por exemplo, se desejasse, ela poderia fazê-lo mudar do apartamento onde vivia para um luxuoso imóvel nos arredores do seu endereço. Sua situação financeira lhe permitiria. No entanto, Taeko era ciente de que fazê-lo se sentir controlado não lhe seria favorável.

Se desejasse, ela poderia esquadrinhar o lado obscuro remanescente da vida de Senkichi após ele ter deixado o Jacinto. Ela também se absteve da ideia.

Agora que o rapaz largara o bar, ela podia se encontrar com ele toda noite, mas também não o fazia. Estava satisfeita com a vitória conquistada e imaginou que naquele estágio seria mais recomendável demonstrar certa indiferença.

Ainda que pensasse assim, Taeko acabou, quase que inconscientemente, pegando o telefone para ligar para ele. Como lhe disseram que não estava, ela se enervou e tornou a ligar uma dezena de vezes até ouvir que ele voltara, para irritação do zelador do prédio. Nesse ínterim, não conseguiu se concentrar no trabalho. Por fim, quando afinal falou com ele, não tinha nada a dizer a não ser um boa-noite em voz modorrenta, como se lhe lançasse com ímpeto um assunto importante com o qual lidara o dia inteiro e que a exaurira. Na realidade, reprimiu na garganta o que mais desejava perguntar: "Onde você estava?"

Nessa noite, Taeko se censurou lamentando não ter perguntado o que queria e o censurou por não ter dito nada. Apesar disso, ela sabia que se ele tivesse contado onde estivera, ficaria angustiada acreditando não passar de mera justificativa.

No dia 11, data do encontro, o tempo estava um pouco encoberto e até choveu à tardinha. Por acaso, numa esquina, ela viu a previsão do tempo em inglês no anúncio eletrônico de um jornal: TOMORROW-FAIR [amanhã-tempo firme]. Sentiu o coração palpitar ao constatar que sua graciosa estratégia seria bem-sucedida.

Senkichi queria assistir a um filme de guerra violento, e ela o acompanhou. Até então, ainda que fosse convidada, nunca tivera desejo de ver um filme do tipo.

Mesmo com um leve roçar dos dedos, uma onda elétrica tépida e estimulante fluía entre eles, fruto da intimidade física. No corredor do cinema, ela tinha convicção de que formavam o casal mais simpático e estiloso de toda Tóquio.

Graças a uma amizade despudorada que surgiu para além dos limites do amor, Taeko ironizou como Senkichi era sensível demais ao olhar das mulheres, que se viravam para admirá-lo em um local tão lotado de gente. Quando subiam as escadas, uma jovem acompanhada de um homem virou expressamente a cabeça e fixou o olhar no rapaz.

— Idiota. Estou acostumado. Quando elas dormem com um homem daqueles, devem pensar no meu rosto que viram de relance hoje.

— Presunçoso!
— Até parece que eles não olham também para você.
— Pare de falar essas coisas em voz alta num lugar como este.
— Entendido, caríssima.

De fato, Taeko também era do tipo que atraía olhares lascivos de homens de meia-idade ou um pouco acima, justamente aqueles que ela mais detestava. Até então, isso lhe desagradava, mas, devido à reação de Senkichi, passou então a reparar nos olhares.

Era uma artimanha vulgar e rasteira muito empregada por mulheres desregradas para enciumar os homens. Apesar de Taeko desprezá-la ao máximo, corrompida por Senkichi, passou a desejar dizer coisas semelhantes a "ontem um homem desconhecido sussurrou no meu ouvido 'eu te amo!'". Também devido ao ar de superioridade do rapaz.

No restaurante, quando foi até a chapelaria dar um telefonema, um estrangeiro de meia-idade que esperava sua vez de telefonar aproveitou que não havia mais ninguém ali e cheirou o cabelo de Taeko, tocando-o levemente.

— Que rosto e cabelos elegantes! — externou para si mesmo exalando um suspiro.

Taeko se sentiu pouco à vontade com a proximidade embaraçosa desse homem corpulento às suas costas. Porém, justamente por não ver o rosto dele, mesmo detestando estrangeiros, foi agradável a sensação de ter o cabelo acariciado e de ouvir as palavras em inglês pronunciadas em voz baixa e áspera. Como a pessoa para quem telefonara demorou a atender, as palavras em língua estrangeira penetraram com nitidez em seus ouvidos.

Ao retornar à mesa, relatou logo o fato a Senkichi. Conforme esperado, para sua felicidade, ele expressou aborrecimento. Todavia, não pôde deixar de dizer para si mesma: "Assim, também vou me tornando cada vez mais uma dessas mulheres vulgares."

Taeko aproveitou para ferir Senkichi mais a fundo.

— Você não seria páreo para brigar com um homenzarrão daquele.

— Eu não sou do tipo cavaleiro protetor de donzelas, fique sabendo!

— Mas você praticou boxe, não?

O rapaz se calou, seu olhar arrefeceu.

O silêncio fez Taeko admitir que se excedera terrivelmente, mas não era mais possível retroceder.

— Você combina mais com putas que se vendem a estrangeiros — revidou infantilmente Senkichi de um jeito incomum.

— Isso mesmo! De início eu era. Não sabia? — No calor do momento, Taeko soltou uma mentira descabida.

— Quem diria?! Então estamos empatados.

— Isso mesmo! Sendo assim, pare de se irritar.

— Não seja pretensiosa. Eu não me irrito.

Estranhamente, o rapaz se tornava cada vez mais birrento.

Taeko sabia que uma discussão semelhante terminaria de forma ambígua, mas o problema era a estada no hotel naquela noite. Se Senkichi estivesse de bom humor, não seria preciso arrastá-lo à força, mas, estando aborrecido, ela se sentia constrangida de levá-lo até o hotel vizinho à sua universidade. Se as coisas não corressem a contento, o plano iria por água abaixo.

Curiosamente, quando em seguida Taeko trouxe à baila o assunto do hotel enquanto bebiam em um pequeno bar em Roppongi, o humor de Senkichi melhorou.

— Ah, é aquele hotel. Ótima ideia. Nunca pernoitei ali. Antes de me tornar barman, muitas vezes eu o observei do pátio da universidade. Despertava minha vontade de ser bem-sucedido. Queria me tornar alguém importante para poder levar de Cadillac as garotas até ali.

25

A bem da verdade, nos últimos tempos Taeko vinha dispensando as entradas bem elaboradas que antecedem o prato principal. Era a primeira vez que ela dormiria uma noite em um hotel de classe, com toda pompa, se fazendo passar por uma turista munida de uma bolsa de viagem intencionalmente preparada para servir de camuflagem. Depois de chegarem ao hotel, e tão logo fechou a porta do quarto, Taeko pôde sentir, ao simples toque da mão de Senkichi em seu ombro, uma espécie de gotejamento sem fim de paixão em seu coração.

Porém, desde que o carregador deixou a bolsa no quarto, ela se tornou alvo da curiosidade do rapaz.

— É, você preparou tudo com cuidado. O que tem aí dentro?

Ele observava curioso a bolsa azul-celeste posta sobre o bagageiro ao lado da parede parecendo ter esquecido a existência de Taeko.

Era a bolsa que, pouco antes, ao se levantarem para sair do pequeno bar de Roppongi, o dono entregara a Taeko dizendo: "Aqui, aquilo que me pediu para guardar." Ela logo entregou a Senkichi a bolsa pesada. Não havia dúvida de que planejara com antecedência deixá-la no bar.

— Se quiser ver, pode abri-la.

— E a chave?

— Não está trancada!

Com gestos precisos e diligentes próprios a um barman, ele colocou a bolsa no chão e retirou de dentro dela vários romances triviais e duas garrafas de uísque escocês envoltas cuidadosamente por duas cobertas.

— Que tal? É um peso adequado, não?
— Tudo bem pensado, realmente.
— Mas o uísque é legítimo! Diferente dos falsos escoceses de alguns bares.

Com uma garrafa em cada mão, Senkichi, bem-humorado e sorridente, se aproximou de Taeko, abraçou-a e beijou-a. Ela se irritou com esse beijo impertinente em meio à força dos braços que inesperadamente a enlaçaram, mas o mesmo beijo, em alguns instantes, dissipou a irritação.

***

Na manhã seguinte, depois de dormirem bastante, tomaram no quarto um café da manhã reforçado ao estilo inglês.

Taeko puxou as cortinas e abriu a janela. Os amenos raios de sol de abril iluminavam as casas em múltiplas e complexas camadas acumuladas sob seus olhos, sucedendo-se até o sopé da colina. Aqui e ali havia cerejeiras com folhas vistosas e flores despontando, banhadas pela cor de mel dos raios de sol. Ao abrir a janela, todos os ruídos da cidade, com seus carros e trens elétricos, penetraram nos ouvidos. Porém, acima de tudo, destacava-se o burburinho de vozes humanas ao redor da Universidade R** bem abaixo.

Era o cenário ideal para ela.

O pátio da Universidade R**, a quadra de tênis, os canteiros de flores na parte de trás e os degraus de pedra conduzindo ao portão dos fundos podiam ser vistos da janela do segundo andar.

A cerimônia de inauguração do curso parecia ter encerrado, e muitos novos alunos continuavam a se deslocar para o pátio. Os inúmeros botões dourados nos uniformes brilhavam sob a luz do sol primaveril. A maioria dos estudantes recém-ingressados tinha um jeito infantil, se comparados aos de antigamente, ou teria o número de pais complacentes aumentado no mundo?

Um terço das pessoas agrupadas no pátio da universidade era composto por familiares dos estudantes.

De onde estava, não era possível visualizar com clareza o rosto de cada pessoa, mas, em meio às cerejeiras no pátio, os incontáveis grupos de estudantes fluíam como uma torrente até os degraus de pedra do portão dos fundos, transmitindo a sensação de primavera e juventude, de um frescor excessivo, como grupos de micro-organismos formigando sob a lâmina de um microscópio. O burburinho dos jovens e a "pureza" trivial da mocidade pareciam alcançar com uma força descomunal a janela do hotel muito acima da colina.

— Venha ver! O número de calouros aumentou.

Taeko queria a todo custo mostrar a cena ao rapaz para trazer um sopro novo de vida ao coração dele. Alegrava-se naturalmente em chamá-lo para ver, ela própria, que planejara a situação, emocionada como se fosse mera casualidade.

Senkichi aproximou-se da janela vestindo uma regata. Fumando um cigarro, pousou a mão sobre o ombro de Taeko.

— Pare com isso! Eles podem vê-lo de lá debaixo.

— Quero mostrar a eles. Eles também serão em breve pessoas importantes como eu.

As palavras de Senkichi expressas dessa forma soaram extremamente alegres. Taeko se tranquilizou por não estarem carregadas de autodepreciação.

Ela sentiu em seu ombro sensível as várias emoções começando a agitar o coração do rapaz.

Em primeiro lugar, ele com certeza se inebriava com o contraste oferecido por essa costumeira alegria superficial.

Havia ali o sentimento do mau estudante em uma manhã amena de primavera, enlaçando os ombros de uma mulher enquanto olhava pela janela do hotel a cerimônia de inauguração de curso da universidade. Isso com certeza não era nada mau. Mesmo visto da perspectiva de uma mulher como Taeko.

A virtude se movia formando grupos muito abaixo dos seus olhos, e o vício, sob o céu alto e claro, apoiava solitário a mão aconchegante no ombro de uma mulher. Esse pensamento devia fazer cócegas no estranho heroísmo do rapaz.

Peuh. Senkichi de súbito lançou uma cusparada pela janela.

— Não faça isso — repreendeu-o Taeko.

— Aqueles bebezões. Todos animados, de mãos dadas com suas mamãezinhas, pensando em como será a vida daqui em diante.

— E existe por acaso algo melhor do que isso? — perguntou Taeko afastando um pouco o ombro da mão de Senkichi e olhando-o fixamente.

Paradoxalmente, o sermão era perspicaz.

Taeko sentiu que as palavras tocaram o coração de Senkichi.

— E o que você quer que eu faça? — perguntou ele desviando um pouco o olhar.

— Não estou dizendo que você deva fazer algo. Você é livre!

— Você pretende, com seu sermão, que eu recupere a pureza como a daqueles bebezões?

— Você ainda é puro. Eu sei disso.

— Você fala como uma agente de reformatório juvenil!

— É. O discurso é sempre o mesmo.

Senkichi apagou o cigarro esfregando-o de forma deselegante no caixilho pintado de branco da janela. Taeko achou que ele se aborrecera um pouco.

— E você quer que eu me fantasie como aqueles filhotes de corvo imbecis?

— Já não disse que você é livre?

— Você me enganou. Disse que encontraria um bom trabalho para mim.

— Isso será mais tarde. Se você não se formar, de nada adiantará... Sondei por alto a esposa do presidente de uma empresa do ramo têxtil, cliente da minha butique!

Era uma meia-verdade, mas Senkichi pareceu sensibilizado. Acreditando estar no caminho certo, Taeko partiu para o ataque.

— Veja bem: de qualquer forma, você está matriculado na universidade.

— Sim, estou!

— Sendo assim, poderia muito bem recomeçar a partir de amanhã. Ficar gastando tempo em bicos não o levará a lugar algum. Não vale a pena.

— Mas eu fui reprovado!

— Basta refazer, do começo.

— É fácil falar.

— Se for um curso de administração, tenho uma loja e posso ajudá-lo a estudar para as provas! — voltou à carga Taeko.

— Então vou me tornar um estudante íntegro e sério.

— E por que não?

— E nosso relacionamento daqui em diante também será íntegro?

— Você é mesmo terrível.

Taeko envolveu o braço ao redor da nuca do rapaz, que recebia os raios de sol, e o beijou. Os lábios de Senkichi recendiam a um misto de cigarro e café, mas tinham o sabor dos de um homem adulto.

26

Na noite de 10 de abril, realizar-se-ia o desfile de moda beneficente de Yves Saint Laurent, naquele momento estilista em plena ascensão no mundo da moda em Paris. Taeko decidiu aparecer pela primeira vez em um evento público com Senkichi como acompanhante.

No início daquele mês, ele começara a frequentar regularmente as aulas da universidade. Era difícil saber se continuaria firme, mas pelo menos costumava mostrar os cadernos a Taeko com suas anotações.

— É, você precisa vê-las para acreditar em mim. Você é muito desconfiada.

Taeko aproveitou a oportunidade para revelar a Senkichi sua vida diária, mas, ao contrário do que imaginara, ele não demonstrou admiração.

— Eu sabia de tudo isso! No Jacinto todos conhecem sua vida de cabo a rabo!

— Ah, não diga.

Taeko ficou sem ação.

O fato de sua vida privada não ter sido ameaçada até aquele momento, apesar de suas origens expostas, a fazia confiar sinceramente no valor do ser humano. Embora, por instinto, ainda conservasse hábitos da vida diária anteriores à guerra e não se desvencilhasse da mania de enxergar a si como uma pessoa muitíssimo digna. Por isso, ela se sentiu aliviada ao permitir o livre trânsito de Senkichi em seu apartamento e ao se relacionar com ele totalmente às claras.

Por outro lado, se suas origens eram conhecidas por todos, o trabalho de incorporar a si desde o início um "charme misterioso" fora inútil. Ela se alegrou por Senkichi amá-la pelo que ela era, mas, ao mesmo tempo, receou o fato de o rapaz, de modo inteligente, permanecer calado ainda que ciente de tudo.

Havia um constante dilema na paixão de Taeko ao educar Senkichi. Por trás do desejo de fazer com que ele se sentisse orgulhoso por voltar a ser um estudante sério, havia também o desejo de aniquilar o orgulho indomável do rapaz em seu mundo sombrio e promíscuo, puxando-o para um mundo alegre e solar. Ela queria lhe ensinar que um estudante, no mundo normal, por mais belo que fosse, não tinha nenhum poder e, portanto, precisava em primeiro lugar voltar a ser "um estudante", apenas isso.

— Hoje você está debutando! — disse-lhe Taeko, alegre.

— Não tenho intenção de me lançar no mundo da moda.

— Não, eu me refiro a você estar debutando no mundo comigo. A partir de agora, não haverá mais encontros às escondidas, e eu o apresentarei como "meu sobrinho". Ninguém vai acreditar, mas estou convicta de que tenho influência suficiente para impor essa situação.

— Significa que devo chamá-la de "tia"?

— Nem pensar. Pode me chamar de "dona Taeko".

— E como você me chamará?

— Sen-chan, como tem sido até agora.

— Então agora terei de demonstrar respeito a você. Está se achando!

— Mas você não é mestre em se passar por um cavalheiro?

— Até agora era uma transação comercial.

— Daqui em diante nada muda! O mundo é um comércio.

Taeko mandou fazer um novo terno preto em tecido *doeskin* para Senkichi usar na ocasião, oferecendo-lhe também uma gravata branca e uma presilha de gravata ornada com uma pérola. Antes de saírem, ele teria de ir ao apartamenteo dela passar por uma inspeção do traje.

Nessa noite, Taeko saiu mais cedo da butique, voltou para o apartamento, onde trocou de roupa, e quando Senkichi chegou, os dois se puseram de pé diante do espelho.

Taeko trajava um vestido de coquetel preto, e apenas um broche de diamantes da Tiffany lhe ornava o peito. De terno preto, Senkichi disse:

— Parece que estamos nos aprontando para um funeral.

Porém, ele parecia não fazer objeção ao reflexo dos dois no espelho.

De fato, formavam um belo casal em seus trajes clássicos e, apesar da diferença de idade, afiguravam-se um homem e uma mulher lindos, feitos um para o outro, o que estimulava agradavelmente a vaidade do rapaz. A intimidade física, perfeitamente coberta pelas roupas dignas que continham a respiração, liberava uma tensão sexual entre seus corpos. Essa era a filosofia das vestimentas.

Os dois contemplavam suas imagens no espelho, fascinados, saboreando uma sensualidade análoga à auferida por uma música de qualidade. "Que maravilhoso e lindo deve ser quando esses dois fazem amor!"

27

Quando os dois entraram pela porta do salão de recepção no novo prédio do Hotel Imperial, Taeko distinguiu, no meio da multidão, Suzuko Kawamoto e Nobuko Matsui à espera do elevador. Imediatamente, disse para Senkichi puxando sua camisa:

— Espere um pouco. Não sabia que elas viriam.

Aproximando-se delas, deu um tapinha no ombro das duas.

O elevador chegou justo nesse momento, e os convidados subiram, menos Suzuko e Nobuko, puxadas à força por Taeko na direção do saguão.

— O que houve? O que está acontecendo, afinal?

As três mulheres e Senkichi se reuniram em frente à cabine telefônica em um canto do saguão.

— Tenho um pedido. Sendo minhas amigas, precisam me prometer. A partir de hoje, Sen-chan é meu sobrinho! Tudo o que houve antes deve permanecer em segredo.

— Como assim, o que houve antes? Ele não trabalha mais no Jacinto?

— O próprio nome "Jacinto" está proibido.

— Tudo bem. Mas, por mais que mantenhamos segredo, há muita gente aqui que foi ao Jacinto e vai se lembrar do rosto de Sen-chan.

— Não tem problema. Pensarei no que fazer nesse caso! Seja como for, façam-se de sonsas. Prometem?

— Lógico que sim — concordaram em uníssono Suzuko e Nobuko.

— Ótimo! — exclamou Taeko levando a mão ao peito em um gesto de alívio.

— Ficamos assustadas. Que exagerada é você.

As duas falavam alternadamente enquanto observavam com atenção os trajes de Senkichi.

— Sabe, Sen-chan, nós nos enganamos a seu respeito. Tem a elegância de um príncipe.

— Ah, valeu pelo elogio — sem graça, respondeu de propósito com um tom vulgar.

— Mas quando abre a boca, a coisa muda de figura.

— Veneráveis damas, as aparências podem se mostrar deveras enganosas!

— Pare com isso! Que antipático.

— Seja natural, Sen-chan, aja naturalmente, por favor — insistiu Taeko várias vezes, preocupada.

— Entendi! Deixa comigo!

Suzuko trajava um vestido de coquetel exageradamente bordado, e Nobuko, um quimono.

Com Senkichi entre elas, a conversa acabou confusa e com uma desenvoltura que Taeko dificilmente conseguia controlar.

— Toda vez que deixo os ombros nus em um coquetel, sinto uma estranha sensação — declarou Suzuko em voz alta. — Queria usar o braço peludo de um homem como estola.

— Esse tipo de estola tem aos montes no saguão.

— Não. Peliças estrangeiras não me agradam.

Inegavelmente, havia algo em Senkichi que as impelia a falar coisas assim.

Por mais que pudesse negar, ele tinha certo ar de quem trabalhara em lugares em que as mulheres se sentem mais livres para falar de tudo, sem constrangimento, perdem a compostura, se desnudam psicologicamente. Portanto, por mais que mantivesse uma postura circunspecta, diante dele as mulheres se tranquilizavam e mostravam seu verdadeiro eu. Tornavam-se despudoradas e vulneráveis.

Taeko estava achando constrangedor, mas entendeu que era a recompensa a se pagar às amigas por guardar segredo. Antes de mais nada, quando Taeko as encontrou em frente ao elevador, apesar de perplexa, também estava feliz pela oportunidade de recuperar a honra aparentemente perdida quando Senkichi a deixara esperando sob o olhar das duas.

— Uma vez que guardaremos seu segredo, veja se nos trata com gentileza — disse Suzuko pondo a mão no braço de Senkichi.

— De que forma?

— Como achar melhor.

— Nada disso. Você pode até tratá-las com gentileza, mas mantenha pelo menos um metro de distância delas — interveio Taeko tentando controlar as coisas.

— Vai precisar andar sempre com uma fita métrica — comentou Nobuko, um pouco cruel.

De qualquer forma, Senkichi parecia ser visto pelas pessoas como um homem sortudo sendo disputado por três mulheres na flor da idade. Ao passarem por ali, alguns turistas estrangeiros, todos homens, lançavam olhares furtivos e invejosos para o grupo, estufando o peito para exibir o melhor de sua dignidade.

28

Os quatro tomaram o elevador até a recepção do sétimo andar. Pagaram a taxa de participação beneficente e, quando se dirigiam para o salão, o organizador, senhor Kusunoki, em seu smoking de bom caimento e combinando bem com ele, cumprimentou Taeko.

— Como vai? Nós lhe reservamos duas mesas! Uma delas com o embaixador de L** e a esposa, a outra, com a senhora Muromachi. Escolha à vontade uma delas.

Novamente, Taeko foi obrigada a se decidir. A senhora Muromachi era a esposa do presidente da tal empresa têxtil, cliente da butique, e certamente estava ali para observar a empresa concorrente patrocinadora do desfile. Era preciso ser simpática com ela, mas nessa mesa teria de evitar conversas despropositadas com Suzuko e Nobuko. Por outro lado, a esposa do embaixador de L** também era cliente da loja e organizadora dos tais coquetéis de fantasmas. Se escolhesse a mesa de estrangeiros, não seria criticada como injusta pelas muitas clientes em outras mesas. Além disso, como o casal não sabia falar japonês, ela poderia conversar com outros japoneses com mais liberdade.

— Bem, instale-me com o embaixador — decidiu.

— Pois não. Pedirei ao atendente para conduzi-la até a mesa. Aproveito para informar que há pouco o senhor Saint Laurent teve um desfalecimento — disse o senhor Kusunoki aprofundando levemente as rugas nos cantos dos olhos.

— Nossa, o que houve?

— O cansaço da viagem aliado à ansiedade emocional. Ele é delicado como um passarinho.

Nobuko, que tudo ouvira, sussurrou no ouvido de Taeko.
— Ele desmaiou? Que glamuroso!
— Você ama esse tipo de fragilidade, não? O que acha de ir até lá cuidar dele?
— Não é maravilhoso imaginar que, por detrás daqueles biombos dourados, jaz desfalecido um estilista talentoso, triste, pálido, nervoso, e que há pessoas ávidas em lhe aplicar injeções, ministrar medicamentos? É Chopin. Olhando bem a foto, Saint Laurent é Chopin.

No fundo do amplo salão, haviam instalado uma parafernália formada por uma série de biombos dourados reluzentes a partir da qual se estendia um tapete estreito e longo em direção à entrada. Ao redor, as mesas estavam dispostas em formato de U para o jantar, com noventa por cento dos convidados já reunidos. Mesmo as luzes dos candelabros se revestiam de certa inquietude após ser anunciada a notícia. Taeko sentia-se feliz por estar imersa no fantástico contraste entre o burburinho dos bastidores e os convidados irresponsáveis com suas roupas vistosas. A alegria também se devia à esplêndida combinação de mentira e sinceridade do falso jovem nobre que a acompanhava. Toda festa deveria ser assim.

Taeko e seu grupo se dirigiram à mesa. Como o embaixador e a esposa ainda não haviam chegado, puderam se sentar tranquilamente à mesa de seis lugares.

— Sen-chan, você vai se entediar com certeza — garantiu Nobuko logo após pedirem bebidas.

— Seria melhor, sem dúvida, eu ter ido assistir a uma luta de boxe!

— Então por que veio? Para mostrar sua piedade filial para com suas "tias"?

— Sim... É bem por aí.

Taeko também previra que seria uma experiência entediante para o rapaz. Mas a ideia de trazê-lo lhe pareceu divertida, nem que fosse para vê-lo suportando o tédio por ela e pô-lo à prova em relação ao vigor da esmagadora vaidade feminina. Tudo isso estava dentro dos seus cálculos. Naturalmente, se ele fosse o tipo de homem que se diverte mais em um desfile de moda do que em uma luta de boxe, com certeza não teria se apaixonado por ele desde o início.

— Nesses últimos tempos, você tem andado sempre muito animada, Taeko. Que detestável! Você perdeu aquele jeito lânguido de antes.

Essa foi a crítica de Nobuko dirigida à amiga no momento exato em que ela cumprimentava algumas pessoas impertinentes do mundo da moda que reconhecera na mesa em frente, separada pela passarela forrada com o longo tapete.

— Obrigada. Em termos de crítica de cinema, seria um filme um pouco acima da classe B.

— Sim, um melodrama animado de lindas tonalidades, embora um pouco vulgar.

— Bem, obrigada pela gentileza.

— Já é suficiente — Suzuko começou a contar uma de suas histórias habituais. — Sofro nos últimos tempos por ter me apaixonado por um rapaz da Universidade R**. Ele sempre vem ao meu restaurante para me ver e, desde então, já deve ter comido pelo menos oitenta pratos de espaguete.

— Vejam só. O amor parece não emagrecer as pessoas.

— É um bom rapaz, mas não quero que as coisas se tornem muito sérias, pois tenho medo das consequências. Ainda mais por recear sua violência depois que me confidenciou ser membro do clube de caratê da Universidade R**.

— A Universidade R** não tem clube de caratê — interveio Senkichi.

— É mesmo? Será que fui enganada?

Enquanto conversavam, o senhor Kusunoki passou por trás deles com ar apressado e cochichou ao ouvido de Taeko:

— Nada dá certo. Saint Laurent despertou e agora começou a choramingar! Um terço das roupas ainda está retido na alfândega, e o aeroporto de Haneda fica bem longe daqui.

Apesar de dar essa notícia e de ser o organizador do evento, o senhor Kusunoki ria de orelha a orelha.

— Nossa, parece preocupante. O que vão fazer?

— Daremos um jeito. No final, tudo se revolve! Mas vai ser difícil manter o jantar após o desfile...

Justo quando dizia isso, ouviu-se no microfone a voz do mestre de cerimônias.

— Senhoras e senhores, boa noite. Devido ao cansaço físico e mental do senhor Saint Laurent, estamos com um atraso no início do desfile. Pedimos desculpas pelo transtorno. Sendo assim, alteramos a ordem prevista e iniciaremos o jantar a partir de agora. Agradecemos pela compreensão.

— Como eu dizia...

Feito o comentário, o senhor Kusunoki desapareceu no instante seguinte.

Taeko começou a descalçar as luvas de couro de bezerro pretas, mas logo se deteve. "Como é serviço de bufê, é desnecessário tirar as luvas", pensou.

Os convidados se levantaram a um só tempo formando grupos ao redor das mesas do bufê ao lado das janelas, cada qual segurando um prato.

Um garçom se aproximou justamente quando os quatro faziam menção de se levantar.

— O embaixador e a esposa cancelaram sua participação. Os assentos estão livres.

Os quatro se levantaram e se juntaram à multidão. Taeko encontrou aqui e ali alguns conhecidos, que se tornaram obstáculos até ela chegar ao local da comida.

Em determinada mesa, estava um famoso político com a família. Ele era conhecido pelo seu respeito ao núcleo familiar, sempre acompanhado da esposa, dos dois filhos e das duas filhas, mesmo em clubes noturnos e bares. Além disso, todos incorporaram hábitos extremamente ocidentais, e cada vez que a esposa ia ao toalete, o marido e os dois filhos se levantavam respeitosamente. Taeko presenciou a cena de longe e se espantou achando que era o início de uma discussão entre eles.

Quando Taeko os cumprimentou, o político se levantou.

— Vejam só. Cada vez que tenho a honra de encontrá-la, está mais bela — elogiou em voz rouca.

A carne flácida de suas faces caía para os lados como a de um buldogue.

— Aquele não é Junnosuke Kawai? — indagou Senkichi após se afastarem do político.

— Ele mesmo.

— O que ele faz em um desfile de moda?

— Todos aqui têm um propósito. A empresa têxtil patrocinadora deste evento financia a campanha política dele.

Quando finalmente chegou à mesa do bufê, Taeko sentiu um tapinha no ombro. Era Hideko Muromachi, cliente da butique e esposa do presidente da empresa têxtil.

Desde a recepção de Ano-Novo na embaixada de L**, a senhora Muromachi se tornara fã ardorosa das criações de Taeko, abandonando todas as butiques que frequentava até então para se concentrar na alta-costura dela. Encomendava umas dez peças por mês. Em vez de usar a técnica de corte que oculta o ponto negativo da obesidade da senhora, Taeko optava pela técnica psicológica de ressaltar suas características pessoais, recomendando com determinação estampas grandes e vistosas. Em comparação às caríssimas roupas anteriores, a senhora Muromachi se vestia agora com muito mais refinamento. Confiando em Taeko, ela a consultava não só para roupas, mas até sobre qual remédio deveria tomar para um simples resfriado.

— Taeko, que crueldade. Eu a procurei por toda parte. Pensei que ficaríamos na mesma mesa.

— Ah, peço-lhe mil desculpas.

Taeko costumava adotar um certo ar de superioridade, verdadeiro fascínio para as senhoras burguesas.

Taeko apresentou Suzuko e Nobuko.

— Esta é a proprietária do Restaurant Louise, e esta, a crítica de cinema...

— Fui uma vez ao Louise. E sempre leio as suas resenhas nas revistas semanais.

A senhora Muromachi se mostrava simpática.

— E este é o meu sobrinho, Senkichi Sato.

— Sobrinho? Seu? Que belo rapaz. Na sua família, há uma linhagem de homens e mulheres formosos. Bem, gostaria de ficar com vocês. Na minha mesa só tem gente chata, dá vontade de morrer. Há assentos livres na sua?

— Por coincidência, há pouco o embaixador e a esposa...

A senhora entendeu antes mesmo que Taeko pudesse terminar a frase.

— Que ótimo. É aquela mesa ali, não? Vou até lá depois de pegar a comida. Mas estou com minha filha. Para onde ela foi? Onde está a minha Satoko?

E, logo em seguida, se misturou às outras pessoas.

Quando os quatro retornaram à mesa após encher seus pratos com rosbife e outras comidas sem nenhum encanto em particular, puseram-se logo a comer, esfomeados. Nesse momento, apareceu a senhora Muromachi puxando a filha pela mão. Pressionado por Taeko, Senkichi colocou o guardanapo sobre a mesa e se levantou.

— Esta é Satoko. Quando estou com ela, por ela ser tão crescida, acabo revelando minha idade.

— Imagina. Parecem irmãs.

Trajando um vestido de coquetel rosa bem feminino, Satoko sentou-se com discrição.

Embora não fosse em particular uma beldade, seu jeito feminino era raro nas jovens de hoje em dia. Sua maquiagem era bem discreta, e, no rosto de traços bem definidos como os de uma criança, faltava firmeza apenas nos lábios delicados. Seus ombros e braços saudáveis tinham o frescor da juventude e, sem deixar transparecer, escondiam um aspecto de menina travessa. Seus olhos eram lindos. Comparados aos olhos mórbidos, grandes, profundos e artificiais das modelos, os dela eram um pouco finos e rasos. Suas pupilas eram de uma cor negra límpida, incomparável e, sempre que seu olhar se deslocava, davam a impressão de que um doce e gracioso sonho se descortinava diante dos olhos. Em suma, apesar de ela própria não ser uma sonhadora, as pessoas poderiam facilmente se sentir sonhando a seu lado.

— Este é Senkichi Sato, meu sobrinho. Ele é estudante, mas, como mandou fazer um terno novo, me pediu para levá-lo a algum lugar onde pudesse usá-lo.

— Diferentemente de outros tempos, os estudantes hoje ficam mesmo muito bem de terno — comentou a senhora Muromachi.

— Ultimamente se veem muitas gravatas Saint Laurent — interveio Satoko.

— Por que esse interesse em gravatas? — perguntou preocupada a senhora Muromachi.

— É que eu as vi à venda — replicou a moça fazendo um beicinho.

Senkichi estava estranhamente sossegado. Não se mostrava espirituoso como ficava com as Damas do Parque Toshima. Seja como for, ele nunca tivera contato com uma moça tão tradicional. Seu mutismo transmitia às pessoas um ar repleto de altivez e soberba.

— Esse rapaz se envaidece todo quando está diante de uma linda jovem — declarou Suzuko abertamente.

Nesse momento, as palavras ditas de supetão por Senkichi foram chocantes tanto para Taeko quanto para qualquer ouvinte.

— Não precisa ser linda, o mais importante é ser jovem.

29

Quando Taeko deu uma cotovelada em Senkichi já era tarde. Satoko virou o rosto de um jeito pungente, e todos ficaram atônitos. Apenas a senhora Muromachi, que não ouviu por ter se distraído com algo, informou em um tom de voz jovial:
— Vai começar. Os músicos da orquestra já estão a postos.
No entanto, o evento custava a começar.
Uma longa e enfadonha saudação do presidente da empresa têxtil patrocinadora, acompanhada de um péssimo trabalho de interpretação, deu início à cerimônia. Logo depois, seguiu-se a saudação do gerente-geral francês.
A música irrompeu, o mestre de cerimônias anunciou o número do catálogo, e, diante dos biombos dourados, surgiu serenamente Ara, a famosa modelo asiática de meia-idade da *Vogue*, com longos cílios postiços, um tailleur azul-marinho e uma blusa branca de piquê. Nesse momento, já passava das nove horas.
Fascinadas pela silhueta da modelo, as mulheres acabaram se esquecendo da existência de Senkichi.
Como se caminhasse entre nuvens, ligeiramente encurvada e com o estômago projetado de leve, a modelo avançava pela passarela com ar altivo e olhos saturados de malícia, mas por instantes abria um sorriso deixando entrever os dentes alvos. Seu sorriso efêmero logo deu lugar a um ar de indiferença, e nos olhos amendoados se depositava uma malícia sombria e serena. Depois de completar uma volta, despiu com naturalidade o casaco, deu um giro sobre si mesma, retornou até diante dos biombos e, pouco antes de sair de cena, exibiu uma pose lânguida e elegante, digna de figurar numa capa da *Vogue*.

— Até três ou quatro anos atrás, ela era modelo da Dior.
— Taeko expôs seus conhecimentos.
— Estava tossindo, não? Dizem que tem um câncer na garganta. Desde ontem, todos se preocupam e só comentam sobre isso. — A senhora Muromachi exibiu novos conhecimentos.

Surgiram três manequins francesas e outras três japonesas que se revezavam em um ritmo cadenciado. O senhor Kusunoki passou novamente nesse momento por trás de Taeko.

— Está tudo bem agora! As roupas de gala, principais atrações desta noite, acabaram de ser desembaraçadas na alfândega. Fizemos um pedido especial à polícia para que as traga em um carro da rádio-patrulha com as sirenes ligadas. Tudo isso causado pelo atraso do avião devido às más condições meteorológicas.

— Vão tocar sirenes? Num carro da polícia? — perguntou Suzuko em voz alta.

— E Saint Laurent?

— Bastou ouvir as boas notícias para recuperar as forças. No final das contas, o homem tem nervos de aço.

— Que pena! — lançou Nobuko, mas o senhor Kusunoki pareceu não entender o sentido do comentário.

Nesse ínterim, o desfile continuava sem percalços.

Todas as modelos portavam grandes chapéus em formato de tigela e se movimentavam como peixinhos dourados dentro de um jarro, caminhando de maneira sublime e distribuindo alguns sorrisos.

Paula, uma manequim de baixa estatura, saiu calçada com sapatos de um número diferente do seu. Por vezes, dava uma parada parecendo que os descalçaria, mas logo voltava a caminhar.

Os grandes estilistas sentados à mesa em frente moviam apressados suas cabeças para a esquerda e a direita, à semelhança de espectadores acompanhando com os olhos o movimento da bola em uma partida de tênis. Somente uma convidada indiana, com um lindo sári violeta, demonstrava elegância ao observar filosoficamente o desfile de um jeito sereno e transcendental do alto de sua beleza clássica. Um estrangeiro careca de smoking bocejava a cada minuto.

Depois de ver na sequência uns trinta vestidos, Taeko imaginou se Senkichi não estaria entediado. Ela deslocou furtivamente o olhar colado no catálogo e nas modelos para a direção do rapaz, mas ele contemplava distraído os biombos dourados. Nessa direção, contudo, havia a linha das faces aveludadas de Satoko, e isso a contrariou um pouco.

Do outro lado da passarela, um cavalheiro idoso de bigode branco, sentado pesadamente de pernas cruzadas sobre o tapete, tinha os olhos brilhantes de alegria sobressaindo-se ao disparar continuamente o flash de sua câmera.

— *Numéro cinquante-sept.* Número cinquenta e sete.

Ao ser anunciada também em francês, uma manequim japonesa apareceu vestindo um casaco de lã cor-de-rosa cíclame.

— Que delicado.

— O que você acha? — perguntou a senhora Muromachi à filha.

Parecendo continuar de mau humor, ela respondeu taxativamente:

— Que roupa horrorosa!

Eram quase dez e meia quando surgiram modelos em trajes de noite luxuosos uma após outra, começando com o vestido de número setenta e três com conchinhas douradas incrustradas. Apesar do burburinho nos bastidores, conforme se viam as manequins entrando e saindo com o rosto impassível, em um fluxo interminável, parecia que afinal o desfile se aproximava do fim sem qualquer incidente.

— Ficou entediado? — perguntou Taeko em voz sussurrante.

— É...

— Um pouco mais de paciência. Hoje você dorme lá em casa?
— Pode ser...
— Amanhã tem aula cedo?
— Só na parte da tarde.
— Certo.

Taeko estava estranhamente cabisbaixa. Em meio àquele ambiente deslumbrante, sentia que um vento soprava forte no fundo do peito levantando minúsculos grãos de areia. Sem pressioná-lo, perguntou com delicadeza:

— Por que você disse aquilo há pouco?
— Não seja impertinente.
— Fiquei constrangida.
— Não vou atrapalhar seus negócios!
— Não é isso...

Por Taeko se calar, aparentemente Senkichi sentiu pena dela e, pouco depois, disse:

— Desculpe!
— Tudo bem!

De maneira discreta, Taeko apertou a mão dele por debaixo da mesa.

— É um péssimo hábito. É meu espírito perverso.
— Você não deve se subestimar. Afinal, você é um lobo.

Depois de alguns instantes em silêncio, Taeko voltou a apertar os dedos de Senkichi, desta vez com mais força.

— Adoro você! — disse em voz baixa para que ninguém pudesse ouvir.

— Eu também — respondeu Senkichi dobrando os dedos de Taeko na luva de couro de bezerro preta.

Nesse momento, Satoko deixou cair a bolsa posta sobre os joelhos e enfiou repentinamente a cabeça sob a mesa. Ela viu as mãos dos dois se separando com pressa. Quando voltou a aparecer por cima da mesa, Taeko ficou aturdida ao observar o rosto da jovem enrubescido até as orelhas.

Diante dos biombos dourados, o senhor Saint Laurent, depois de desfalecer, chorar e por fim recobrar seu estado normal, curvava-se timidamente, executando em francês os cumprimentos de praxe.

30

Num certo dia de chuva fina como a das monções, apesar de ainda ser maio, Senkichi telefonou a Taeko para lhe perguntar se estaria livre à noite. Sim, estaria, mas mesmo se tivesse algum compromisso sério de trabalho jamais poderia recusar um convite feito com uma voz tão doce ao telefone.

Taeko imaginava que Senkichi a levaria para assistir a uma luta de boxe ou para beber algo e se divertir. Por isso perguntou:

— Onde e a que horas?

A resposta foi completamente inesperada.

— Quero jantar na sua casa e depois ler um livro sossegado. Prepare alguma coisa!

— É? E de qual restaurante? Se for do Louise, tenho certeza de que ficarão alegres em aprontar algo para entregar em casa.

— Não entendeu nada, pelo visto. Será que não é capaz de preparar você mesma uma refeição?

E desligou o telefone.

Taeko se surpreendeu que o mero capricho de Senkichi ligando para ela assim tão de repente tivesse o poder de fazê-la se sentir terrivelmente feminina. Porém, apesar de desde menina ter acumulado conhecimentos inúteis na sociedade, não tinha confiança em seus dotes culinários. Quando morava com o ex-marido, tinham um cozinheiro.

Taeko deixou a loja mais cedo e foi de carro direto até um luxuoso supermercado em Aoyama. Enfiou em um carrinho de compras prateado cortes de carne nova-iorquinos de aproximadamente trezentos gramas a fatia, brócolis frescos, aspargos *in natura*, nada de batatas porque demoravam para ser preparadas, mas batatas fritas congeladas da marca Ribes, caviar Romanoff, uma lata de milho integral importado, pão cortado em fatias finas para torradas de caviar, uma baguete, chocolate instantâneo da marca Jell-O para a sobremesa, e se dirigiu ao caixa. À exceção da carne bovina para duas pessoas de mil e duzentos ienes e do caviar do mesmo preço, o resto foi razoável, totalizando em torno de três mil e quinhentos ienes. Taeko se alegrou, pois em um restaurante gastariam, sem dúvida, seis ou sete mil ienes em uma refeição semelhante, e, fazendo vista grossa para suas habilidades culinárias, poderiam jantar por um valor relativamente módico. Três mil e quinhentos ienes representavam um quarto do valor médio que costumava cobrar por uma roupa encomendada por uma cliente.

Quando retornou ao apartamento carregada de compras, Senkichi, que tinha uma cópia da chave, já estava lá. Ele veio até a entrada recepcioná-la com um beijo.

— Espere! Preciso descarregar esses pacotes.

Nessa noite de chuva inconstante, o grau de umidade era superior a oitenta por cento. O suéter preto de Senkichi recendia a uma curiosa mistura de leve odor de mofo com o de maçãs frescas de Indiana. Bastou enterrar o rosto no peito dele para Taeko sentir saudade da sensação dessa lã comum tricotada a máquina. Ao contrário da indiferença que sentia quando voltava sempre sozinha para seu apartamento, apenas naquela noite, ao repousar a cabeça na lã cobrindo aquele amplo torso, era como se realmente tivesse retornado ao lar.

No entanto, como era seu costume, expressou exatamente o oposto do que pensava.

— Por que teve vontade de jantar em casa? Logo você que detesta mulheres afetando serem esposas.

Era um péssimo hábito de Taeko sempre tentar demonstrar que "sabia exatamente do que se tratava!". Ela tomava a dianteira fazendo o parceiro se calar e dificultando que pronunciasse qualquer palavra. Não sabia esperar.

Calado, Senkichi voltou para a sala de estar e se refestelou pesadamente no sofá sob o abajur de chão ao lado do rádio que ele deixara ligado tocando músicas da estação FEN do Exército americano.

— Vamos logo com isso. Estou morrendo de fome! — reclamou ele.

Ao observá-lo assim sob a vaga luz circular do abajur, viu o que ele desejava para sua vida e que de fato estava tentando obter.

O jeito soberbo do rapaz revelava bem o tipo de "lar" com o qual sonhava. Sem precisar perguntar o que estava lendo, viu se tratar de um livro de capa dura de teoria ou história da economia, do tipo que os estudantes costumam ler na faculdade. Enquanto lia com ar compenetrado, Senkichi fazia anotações em caneta vermelha e ouvia jazz. Ela não conseguia acreditar na cena.

Ele estava devotado à leitura, e Taeko percebeu que a cena pertencia à imaginação solitária do rapaz e que logo se desintegraria, provavelmente se pulverizando num instante a um simples toque dos dedos. Ela não deveria interferir no sonho caprichoso de um jovem autoconfiante de poder se tornar tudo o que desejava ser, apesar de ainda não ser nada.

Taeko acendeu a luz da cozinha e pendurou pela primeira vez na vida um avental no pescoço. Longe do olhar de Senkichi, checou às pressas o livro de receitas, temperou os bifes com sal e pimenta, deixando-os marinar em uma tigela cheia de óleo com cebola cortada bem fina. Depois, abriu a lata de caviar, cortou as fatias finas do pão do tamanho de uma caixa de fósforos, tostou-as e as levou, juntamente com a manteiga, até onde o rapaz estava.

— Vá comendo isso e bebendo uísque. Já, já estará tudo pronto.

— Hum — foi sua resposta evasiva, absorto no livro de economia como se fosse um romance eletrizante que não pudesse largar.

Taeko também deixou ao lado dele uísque escocês, gelo e água, voltando em seguida para a cozinha.

Ela havia tido inúmeros relacionamentos com homens jovens, mas era a primeira vez que correspondia com doçura aos caprichos de um deles. Desagradava-lhe o fato de estar alegre em executar trabalho culinário, algo novo para ela. Precisou enunciar para si várias vezes que aquilo não passava de uma brincadeira de casinha.

Verdade que ela preparava seu próprio café da manhã, mas, venhamos e convenhamos, isso era algo que até uma criança conseguiria fazer. Para o almoço, encomendava fora alguma coisa leve, e no jantar, quando não recebia algum convite, pedia entrega a um restaurante em Roppongi e comia na butique. Em linhas gerais, esse era seu padrão alimentício. Era possível dizer que não tinha interesse particular no que se referia à alimentação. Não tinha problemas nem mesmo com a comida intragável dos refeitórios da estação de tevê quando participava de programas de moda.

Logo tratou de preparar as batatas congeladas, mas se deparou com um contratempo. As instruções de preparo mencionavam ser necessário descongelá-las por quatro horas em temperatura ambiente, mas não havia tempo hábil para isso. Ela então ferveu água em uma grande panela, jogando nela os brócolis, os aspargos frescos e as batatas congeladas, e misturou tudo.

Felizmente, o fogão a gás tinha várias bocas. Ela aqueceu os grãos de milho em farta porção de manteiga, e, por conta também da desordem, a cozinha virou um verdadeiro campo de batalha.

Precisava fazer um molho de manteiga para acompanhar os aspargos e ainda aquecer uma frigideira para preparar os bifes... Taeko não percebeu de pronto que Senkichi viera até a cozinha e, sempre com o livro em mãos, a espiava sorrindo.

Em seu rosto insolente bem delineado, revelava-se a nítida satisfação de um professor punindo sua aluna predileta.

Contudo, embora o sorriso de Senkichi estivesse repleto de malícia e perversidade, também se conservava muito puro e ingênuo. Na realidade, Taeko se enfurecera, mas percebeu que nunca vira um sorriso tão cristalino e infantil no rapaz.

Ela foi subjugada por esse sorriso. Estava abalada por seu complexo de inferioridade culinária e não podia responder com a costumeira ironia ou usar a autoridade para que ele a ajudasse. Em meio à pressa atordoante, ela se espantou ao dizer, com voz maternal:

— Está quase pronto. Espere mais um pouco.

— Ah, estou morrendo de fome.

Senkichi voltou para a sala de estar.

31

Depois de colocar a gelatina da sobremesa na geladeira, a comida que levara à mesa infelizmente variava entre quente, morna e fria.

— Bem, está pronto!

Mesmo com a voz repleta de vitalidade, a própria Taeko hesitava em considerar o resultado satisfatório.

Senkichi sentou-se à mesa em frente a ela, estendeu o guardanapo sobre os joelhos e, calado, muniu-se de garfo e faca.

Ela se deu conta de que esperava por um veredito. Hesitante, sem autoconfiança, só se preocupava em saber se o rapaz teria ou não apreciado a comida. Pensando bem, não havia razão para ele gostar.

— Delicioso! — exclamou Senkichi com uma voz alta fora do normal.

De fato, ele devorava o bife com uma velocidade estonteante. Como uma pedra de gelo derretendo em água fervente.

— De verdade?

Instintivamente, ela indagou sem nem mesmo se importar se o rapaz depreendesse pela pergunta sua sensação de felicidade. Porém, logo em seguida, fez um comentário bem ao jeito dela.

— É porque você devia estar com fome.

Ao levar à boca a batata frita, descongelada em água fervente para ganhar tempo, o sabor era tão ruim que ela fez uma careta. Por fora, apresentavam uma linda curvatura, mas por dentro estavam repulsivamente moles como uma sopa rala.

Olhando bem, Senkichi parecia ter desistido de comê-las depois de mordiscar uma. Porém, devorou todo o resto sem deixar nada e, durante o tempo da refeição, que avançava a toda velocidade, praticamente não conversou, o que dava à ocasião ares de um jantar cerimonial.

Taeko se lembrou de sua primeira impressão, quando Senkichi, absorto no jogo de *pachinko*, a esnobara por completo. Fossem as máquinas de *pachinko* ou o jantar que ela própria preparara para ele, era tudo igual para o rapaz, e essa indiferença de cachorro esfomeado mostrava a natureza solitária de alguém capaz de desprezar com facilidade todos os relacionamentos com o mundo exterior.

Seria isso uma força? Uma fraqueza? Tal desprezo não estaria por vezes expressando no fundo o sonho por uma intimidade acolhedora com o mundo externo que fosse recíproca, mas impedida por sua natureza?

Sem qualquer apetite pela comida que preparara e ignorando o que fazer com seu enorme bife, Taeko apenas observava com atenção o apetite admirável do rapaz.

Sob outra ótica, era uma visão manifestamente revigorante, e ela não gostaria jamais de ter como namorado um homem de pouca apetência.

Ao terminarem o café após a refeição, Taeko começou a arrumação da louça, e Senkichi, fumando o cigarro americano que ela sempre deixava preparado para ele, permaneceu distraído ouvindo música no rádio e largado na sala. Ele nem sequer perguntou se ela queria ajuda na cozinha.

Quando, por fim, concluiu a arrumação, Taeko veio sentar-se no sofá de frente para ele.

Reinavam um silêncio, uma satisfação e um repouso estranhos. Ela decidiu não falar nada enquanto o rapaz se mantivesse calado.

Por fim, sem sorrir, ele disse o seguinte:

— Que tranquilidade... Nunca na vida me senti como nesta noite.

Taeko entendeu perfeitamente o que ele pretendia dizer com essas palavras.

Um jantar tranquilo em uma "casa" comum, sem nada de especial, e esse momento após a refeição... Para ela também era algo raro, mas talvez para Senkichi fosse a materialização do sonho acalentado durante longos anos.

Por um triz ela não deixou escapar que o jantar não fora nada de mais e sempre poderia preparar algo quando ele desejasse, mas acabou desistindo, imaginando que seria uma sugestão idiota. Estava convencida de que, para Senkichi, a própria ideia de algo permanente configurava um tabu.

Portanto, apesar de sentir no tom calmo das palavras do rapaz que ele, algo raro de acontecer, indagava sobre sua intenção, Taeko evitou ir mais longe. Devido à sua constante e sofisticada apreensão de que ele se cansaria dela, Taeko tinha a tendência de se defender, embora não precisasse. Mesmo assim, ela queria defender sua vida solitária com unhas e dentes, e não criar exceções.

Como se tivesse percebido a reação dura como pedra de Taeko, Senkichi bocejou de leve, retornou para seu livro de economia e não abriu mais a boca. O silêncio se tornou subitamente opressivo.

Taeko reagiu pegando da estante um romance policial e se pôs a ler. Ela já o havia lido e sabia das artimanhas e reviravoltas da história. Desde o começo, a leitura não lhe prendeu a atenção, e cada vez mais o silêncio do jovem a inquietava. Seus olhos apenas percorriam distraidamente as palavras impressas.

Um bom tempo se passou.

Senkichi bocejou e, depois de alongar os braços, foi se sentar pesadamente ao lado dela coçando a cabeça com muita energia.

— Nossa, quanta caspa! — Taeko se levantou de um salto limpando as carepas caídas sobre a saia.

— Quê?

Senkichi se ergueu com os olhos aguçados.

Taeko falou com uma voz alegre, quase estridente.

— Nem se aproxime! Que falta de asseio.

Imaginando que o rapaz se lançaria de verdade sobre ela, deu um grito e correu para se refugiar atrás de um dos poucos objetos da sala capazes de protegê-la. O jogo de pega-pega entre adultos em nada devia em seriedade ao das crianças, ao contrário, estava repleto de energia.

Do outro lado da mesa, Taeko manteve os olhos cintilantes fixos em seu adversário e reagia a cada movimento dele, esquivando-se e, por fim, lançando-se para dentro do dormitório. Obviamente, ela não poderia escapar do cômodo sem saída.

Ele a empurrou para cima da cama e, manipulando com habilidade o corpo que fremia sob seu próprio corpo, abriu o zíper atrás do vestido. As costas fornidas e brancas, orgulho de Taeko, apareceram sob a luz tênue proveniente do cômodo contíguo.

Taeko se enfatuava por ter ombros e costas que combinavam mais com vestidos decotados do que com roupas de gala. Justamente nas costas fornidas e distintas estava o fundamento de sua verdadeira dignidade, algo que as acompanhantes dos cabarés jamais poderiam ter. O rapaz cobria de beijos, de alto a baixo, a curvatura dessas costas.

Quase sem fôlego, Taeko conheceu em detalhes a alegria de ser dominada. A dificuldade em despir uma peça feminina com inúmeros ganchos… abrindo-os um a um com força irracional. Apesar de subjugada dessa forma, sentiu-se libertada para um mundo de fogos que se renovava a cada instante.

Como um cão brincando na neve, Senkichi lhe cobria com afã o corpo todo de beijos. A combinação rasgou, e ela soltou um grito.

Taeko sabia que era um jogo, que era apenas uma violência fictícia, e lamentava por isso. Enquanto se alegrava com medo verdadeiro e intenso, sonhava com os lindos olhos cruéis e penetrantes de Senkichi.

***

Pela primeira vez, Taeko sentiu sobrevir, ilimitada sobre a pele nua, uma doçura após o ato, leve, macia, mas encorpada como uma seda *habotai*.
"Ele é gentil com você?"
A pergunta de Nobuko, num relance, voltou a ressoar em seus ouvidos. E agora sem a força sarcástica que antes lhe causara enorme sofrimento. Era apenas uma pergunta ingênua e desprovida de segundas intenções.
"Sim, veja só como ele é gentil comigo!"
Taeko percebeu que agora poderia responder dessa forma a Nobuko. Mais do que isso, queria mostrar à amiga essa amabilidade inexprimível. Se a visse, aquela crítica muito desconfiada certamente acreditaria.
Com as pontas pesadas dos dedos lânguidos como se fossem de ouro, os dois brincavam mutuamente com seus cabelos. Pela primeira vez, seus ouvidos perceberam o barulho da chuva.
— Olha, o que me diz de vir morar aqui em casa? A partir de amanhã, se desejar... Quero apenas que moremos juntos, só isso — propôs ela.
— Hum — foi a resposta sincera do rapaz.

32

Dois dias depois, pela manhã, Taeko esperava com a janela aberta a aparição de Senkichi no jardim em frente ao seu prédio.

As pessoas que trabalhavam fora já haviam saído, e a hora mais calma do dia no prédio começava. A maioria dos carros no estacionamento tinha desaparecido, e um espaço branco de concreto se alastrava sob o céu encoberto pelas nuvens.

Senkichi deveria entrar pelo portão em direção ao jardim frontal em um táxi, que seria suficiente para trazer seus pertences. Seria um instante memorável para Taeko. Até agora, ela nunca havia vivido em mancebia com alguém. Hoje essa proibição seria derrubada.

Ela não se espantava nem um pouco com a própria insensatez. Considerava-a resultado inevitável de sua gentileza. Tanto de sua parte quanto da de Senkichi.

Ela tentava comprovar lentamente a naturalidade de ambos morarem juntos pondo abaixo toda a sua lógica até então. Não tinha a pretensão de ter uma sombra de felicidade como em um sonho. Mais do que felicidade, era suficiente que tudo fosse natural. Até aquele momento, sempre se mantivera afastada da natureza!

Nesse instante, Taeko ouviu o som metálico de uma campainha a distância. Do alto, ela viu, bem pequena, uma bicicleta cruzar o portão com um carrinho atrelado. "Alguém no prédio deve ter encomendado algo. Mas o que seria toda aquela bugiganga?" Pouco depois de pensar isso, percebeu que o dono da bicicleta era Senkichi e, correndo até o elevador, saiu às pressas do apartamento.

O rapaz desceu da bicicleta que estacionara diante do prédio e enxugava o suor. Vestia as costumeiras calças jeans surradas e uma camiseta de um branco luminoso enxarcada de suor.

— Nossa, você carregou tudo sozinho! — exclamou Taeko admirada.

— É.

Alheio a tudo, Senkichi descarregou duas ou três caixas de roupas do reboque. Taeko reparou imediatamente na grande quantidade de caixas de roupas em comparação aos poucos livros.

Depois de darem um jeito de colocar a bagagem no apartamento de Taeko, Senkichi bebeu a Coca-Cola que ela ofereceu.

— Não está na hora de ir à butique?

— Sim, hoje vou me atrasar um pouco.

— Foi mal. Então me prometa apenas uma coisa antes de ir.

— O quê?

Os olhos de Senkichi brilharam.

— Há apenas uma condição para morarmos juntos aqui. Mesmo vivendo a dois, nunca restrinja minha liberdade. Se isso acontecer, só será prejudicial a você. Entendido?

— Sim, concordo. Estou ciente disso desde o início.

— Verdade? — insistiu ele.

— Acha mesmo possível restringir a liberdade de alguém como você? — Taeko replicou triunfante e partiu.

Depois de começarem a vida a dois, ela logo compreendeu o significado da declaração do rapaz.

Naquele dia, acreditando que jantariam em casa como acontecera duas noites antes, Taeko aproveitou um tempo livre na butique para pesquisar às pressas livros de culinária e, antes de voltar para casa, passou no mesmo supermercado luxuoso para comprar ingredientes. Telefonou várias vezes para casa, mas Senkichi não estava.

Contudo, ela não se espantou. Imaginou que, assim como um assalariado recém-casado seria orientado por más companhias a criar o hábito de chegar tarde em casa para educar a esposa, ele também, sem ter nada em particular para fazer, passaria o tempo no *pachinko* ou alhures, com o objetivo de educá-la.

Nessa noite, Senkichi retornou por volta das onze horas ligeiramente embriagado, mas Taeko nada disse.

No dia seguinte, ela saiu sem perguntar a programação dele. Detestava o jeito intrometido das esposas questionando os maridos, "vai jantar em casa hoje?". Graças a isso, as refeições, quentes ou frias, preparadas com romantismo não se repetiram e acabaram distanciadas de seus hábitos.

Vivendo juntos, nem tudo entre eles era natural. Apesar de cientes da necessidade de acordos e regras mútuos numa vida conjugal, ambos evitavam tocar no assunto, e surgiam diversas inconveniências e incompreensões.

Todavia, por outro lado, ela conheceu os diversos hábitos do rapaz. A vida dele não era, como a dos filhos desregrados de milionários, um composto estranhamente formado pela mistura de *bon vivant* prematuro e estudante, mas tudo nele era incoerentemente impulsivo. Durante uma semana, vinha direto da universidade para casa com o semblante de estudante que trabalha para se sustentar, e ela imaginava a revolução enfim ocorrida em sua personalidade. Porém, na semana seguinte, ele saía arrumado com elegância para só retornar de madrugada, todas as noites.

O mistério se aprofundava quanto mais Taeko se acercava. Mesmo vivendo juntos, ela desconhecia o que ele fazia em sua ausência.

Taeko se espantou ao se flagrar desejando ter um esgotamento, ou que a paixão morresse, mas isso mostrava o quanto a nova vida, dia após dia, se transformava em aflição. Ainda assim, não suportava a ideia de os dois voltarem a morar separados.

Isso serviu como uma nova oportunidade para ela se descobrir. Taeko percebeu que seu orgulho estava cada vez mais delicado, aguçado e afiado como a ponta de um lápis excessivamente apontado. Embora amasse muito o rapaz, o orgulho cada vez mais cortante forjava nela uma forte resistência. Se espantava, mas não reclamava.

Assim, os dois se viam por acaso no apartamento e passavam a noite juntos. De manhã se separavam e iam viver cada qual a sua vida.

Essa maneira de viver continuou por cerca de um mês. Depois disso, a rabugice e o mau humor de Senkichi retornaram, intensificando-se pouco a pouco.

Espontaneamente, ele respeitava apenas a regra de não dormir fora de casa, mas, por fim, houve uma noite em que não retornou.

33

Nessa noite, Taeko desmoronou com a tensão.

Sem esperar por ele, deitou-se para dormir, mas não conseguiu pregar o olho, então se levantou, pôs um robe e ligou o rádio em uma estação noturna. Não conseguia suportar a serenidade do apartamento de madrugada.

Desapareceram os traços da felicidade que preenchiam todos os cômodos quando vivia sozinha, apaixonada por Senkichi. Não havia mais aquela solidão plena. Restava apenas a terrível sensação de ausência em uma longa noite vazia, e até mesmo as sombras nos cantos do apartamento tremiam ansiosas pela espera.

"Não era para ser assim."

As palavras que ela nunca deveria proferir lhe preenchiam o coração.

Gostava de dormir na cama de casal, excessivamente ampla para uma pessoa. Apesar de o espaço garantir um sono agradável, agora não a deixava dormir.

Senkichi tinha o hábito de dormir nu, apenas com uma faixa de algodão enrolada na barriga. Cada vez que seu corpo adormecido se revirava na cama, encostava no de Taeko, como uma onda tépida se chocando contra ela a intervalos regulares. Em apenas um mês, a presença do rapaz se tornara a condição indispensável para o sono dela.

Algo se aninhara em toda a vida e no espírito de Taeko. Era algo mais franco e indescritível do que o amor, assentara raízes, e ela, mesmo a contragosto, era obrigada a admiti-lo.

"Não estou com ciúmes", repetiu para si mil vezes. Se estivesse enciumada, já teria adoecido nesse mês. Realmente, não sentia ciúmes.

Todavia, se era preciso sofrer, não se satisfazia apenas em manter o sofrimento bem longe. Que idiotice era aquela que a impelia a trazer o sofrimento para perto dela?

"Seria melhor que terminassem a vida a dois e voltassem a viver separados?"

Pela primeira vez, essa ideia lhe transpassava o espírito. Porém, quando duas pessoas que uma vez viveram juntas se separam, isso nunca significa o retorno à situação anterior. Corresponde, provavelmente, ao fim do amor.

Apesar de não ser uma noite abafada, ela abriu o refrigerador e se pôs a chupar pedras de gelo. Teve vontade de enfiar a cabeça lá dentro por uma hora. Que maravilha se pudesse arrancá-la e deixá-la para resfriar por um tempo, como uma melancia.

Incapaz de suportar a tristeza e a angústia, Taeko acendeu todas as luzes possíveis da sala de estar, da cozinha e do dormitório. Vagava pelos cômodos iluminados quando, de repente, se arrepiou ao sentir a sombra de alguém passando por trás dela. Nada mais era do que seu próprio reflexo no espelho da cômoda.

Ela se sentou sobre o tapete.

"Vou me separar dele! Vou me separar dele! Vou me separar dele!", repetiu uma centena de vezes.

Porém, sabia que não passavam de palavras jogadas ao vento. Aturdida com a longa duração da noite, pegou um kit de manicure e sentada no chão pintou, tão lentamente quanto pôde, cada uma das unhas das mãos e dos pés. Sob a luz brilhante, a cor carmesim do esmalte parecia estranhamente berrante e fútil. Taeko se consolava imaginando ser uma mulher imoral. Porém, estava apenas apaixonada, e o verdadeiro imoral da história era Senkichi.

Às oito da manhã, quando ouviu o barulho da chave girando calmamente na fechadura, ela custou a acreditar que se tratava do ruído pelo qual estivera esperando.

Apesar de estar confiante de recebê-lo com um rosto frio e indiferente, quando ele disse "opa, você já levantou?", com os olhos piscando, ofuscados pela luz matinal que banhava os cômodos, Taeko instintivamente o abraçou e desatou a chorar.

Senkichi a carregou com gentileza para o dormitório sem que as lágrimas parassem de rolar.

— Que tola, você também... se faz de forte mas acaba chorando. É o que acontece com pessoas que querem ser muito seguras de si. Se é para chorar, chore mais vezes em volumes menores. Diabos, não sei o que fazer com você. Por que não consegue viver normalmente sem ser tão obstinada? Você é uma estúpida!

— Onde você dormiu?

Tal pergunta, de uma "mulher idiota", ecoava exatamente como um pequeno milagre. Quando ela saiu solene de sua boca, Taeko já estava tão exausta que nem sequer se admirou.

— Viu só? Basta perguntar diretamente, e eu poderei responder sem problemas. Na noite passada, bebi com um amigo e acabei dormindo na casa dele. Não havia nenhuma necessidade de pernoitar lá, mas minha intenção era fazer você sofrer. Foi embaraçoso para mim, no final das contas, porque ele é recém-casado e mora com a esposa em um apartamento pequeno.

— Foi isso? — Taeko fez menção de sorrir. — Olha, tenho dois pedidos a você — continuou ela.

— Quais?

— O primeiro é a promessa de que faremos uma viagem a dois.

— Claro, sem problemas!

— E o segundo...

— Qual é o segundo?

— Chegue seu rosto mais perto.

Taeko desferiu um tapa ruidoso na face de Senkichi. Ela aproveitou o susto do rapaz para beijá-lo na boca com seus lábios molhados pelas lágrimas.

34

Apesar de estar apostando suas fichas na viagem, os dois não se entendiam quanto ao destino. Taeko desejava ir para um local distante, calmo e com um ambiente romântico. Senkichi, por sua vez, detestava a natureza.

Esse era outro hábito peculiar do rapaz que ela descobrira. Ainda que fosse comum aos jovens pensar em lazer e férias, e que as passagens de trem para o interior estivessem cada vez mais disputadas, o rapaz se sentia tão satisfeito com sua vida em uma metrópole que nunca manifestara vontade de escapar da agitação urbana, desgastante para os nervos.

Suas noites necessitavam definitivamente dos anúncios de néon, e ele não se interessava nem um pouco pelas noites escuras do campo.

Ela não via isso com bons olhos e o creditava à total ausência de esnobismo do rapaz. Na verdade, a maioria das pessoas que partem para o campo no fim de semana às pressas é nascida ali. Mais do que uma viagem de fim de semana, seria mais próximo da realidade afirmar se tratar de um retorno ao torrão natal.

Um local com luzes de néon, casas de *pachinko*, estações termais e albergues tranquilos. Somente Atami reunia essas condições. Apesar da grande resistência, Taeko, por fim, concordou em passar uma noite com a condição de que ela pelo menos escolhesse o hotel.

Ela fez reserva em um albergue calmo e luxuoso em Kinomiya, outrora propriedade de um dos grandes conglomerados industriais do pós-guerra. Eles ficariam no prédio anexo, em estilo campestre.

Numa época em que todos têm carro, nenhum dos dois tinha carteira de habilitação: Taeko, por estar ocupada, e Senkichi, por pura preguiça. Ela não se sentiria bem em usar o veículo da butique com o motorista para uma viagem particular e, apesar de ser um gasto enorme, alugou um carro com chofer, que também pernoitaria no hotel. Poderiam ter, assim, liberdade de movimento.

Pode-se dizer que a única porção masculina da personalidade de Taeko era não se arrepender de gastar se fosse para realizar um sonho.

Em uma tarde de sábado, no final de junho, Senkichi saiu do apartamento trajando um alinhado terno, com a dócil companhia de Taeko, que fizera uma roupa nova especialmente para a viagem daquele dia.

O fato de ele não estar animado feriu o orgulho de Taeko, apesar de ela sempre ter gostado do jeito sereno e impassível do rapaz.

Uma mulher idiota talvez dissesse com sarcasmo nesse momento: "Você não deve achar nem um pouco interessante viajar comigo", mas mesmo não o pronunciando, ela se sentia mal consigo mesma por tal sentimento ter perpassado seu coração. Portanto, até saírem da área metropolitana de Tóquio, os dois mantinham os olhos pregados na paisagem nublada do lado de fora do carro, praticamente sem trocar nenhuma palavra.

Contudo, devido ao pouco tráfego naquele horário no sábado, algo incomum, levaram apenas duas horas e meia para chegar a Odawara. Depois que atravessaram a cidade, viraram à esquerda na estrada e, a partir de Hayakawa, entraram em uma linda pista de curvas ascendentes e descendentes ao longo do mar. Mesmo Senkichi demonstrava uma alegria infantil.

Ao final da rodovia, havia o pedágio e o posto de descanso de Yugawara, onde Taeko fez parar o carro. Pensou em descansar ali porque, embora estivessem a uma distância de apenas meia hora do albergue, ela estava com sede e lastimava um pouco por chegar tão rápido ao destino.

Eram por volta das seis horas e ainda estava claro, apesar do céu nublado. Diante desse posto de descanso, num gramado circular estavam dispersas iúcas gloriosas com flores semelhantes a enormes lírios-do-vale sujos, além de pequenos pinheiros. Do andar de cima se avistavam as altas ondas cinzentas do mar e luzes azuladas piscando na ilha Hatsushima, em frente. No alto-mar, a silhueta da ilha Oshima estendia suas grandes asas negras.

Os carros passavam indiferentes bem adiante, a toda velocidade, e no jardim da frente, deserto sob o crepúsculo, ouvia-se o farfalhar das folhas de um jornal dentro da lixeira de tela metálica. Além da estrada, as ondas do mar se erguiam mostrando seus flancos verde-oliva e quebravam sobre si mesmas como uma pintura em rolo sendo enrolada.

Os dois sentaram um de frente para o outro em uma mesa comum e beberam cerveja. Havia um aparelho de tevê instalado abaixo de uma placa na qual se lia "Bolinhos de arroz e milheto, especialidade da região: esgotados". Passava na tevê um programa com números de prestidigitação. Quando retiraram a tampa prateada de um recipiente, dois pombos saíram voando.

— Vamos até a praia? É minha primeira vez este ano no mar.
— A minha também.
Os dois se levantaram.

Saíram pelo jardim, atravessaram a estrada e desceram os degraus de pedra do aterro. A praia era de areia cascalhenta, visivelmente escurecida pela umidade.

Taeko caminhou ao longo da beira-mar pisando firme na areia e, olhando para as pegadas com pequenos furos deixados pelo salto alto, chamou Senkichi.

— Diga, de que animal seriam essas pegadas?

Eram com certeza pegadas com furos estranhos em nada parecidas com as deixadas por um ser humano caminhando. O rapaz as observava com uma expressão um tanto sombria, e a suposta brincadeira de Taeko acabou fracassando.

Quando ela se levantou primeiro e voltou para o carro, encontrou no meio da escada de pedra um maço de cigarros americanos contendo ainda dois ou três. Era um maço novo que parecia ter caído ali recentemente e, sem dúvida, pela marca, pertencia a Senkichi. Ela o recolheu com naturalidade e o entregou ao rapaz que vinha distraído logo atrás.

— Aqui, você deixou cair.

Ela não imaginou o quanto seria estranha a reação de Senkichi naquele momento.

Ele fez menção de esticar o braço, mas se deteve e, de repente, balançou negativamente a cabeça.

— Pare com isso! Não fique pegando coisas do chão.

— Mas não é seu?

— Por que acha que é meu?

— Não seja antipático. É óbvio que é seu. Se ainda fosse um cigarro japonês comum...

— De jeito nenhum. Não é meu! Joga isso fora!

Senkichi queria a todo custo que ela se livrasse do maço, e ela, por diversão, não o fazia. Por fim, ele o tomou da mão dela, amassou-o imediatamente e, contra o vento marinho, lançou-o com força na praia.

35

O albergue em Atami era uma casa tranquila, de estilo campestre, com um aspecto luminoso e distante, situada a partir do velho portal principal de um templo budista, cuja entrada, ao fundo de um jardim, podia ser acessada atravessando-o por um caminho formado por pedras irregulares. Reinando solitária do outro lado do lago, a casa tinha uma sala de estar ao estilo da era Taisho, um quarto com dois tatames e um banheiro com ofurô. O teto era totalmente de sapê, mas o interior tinha instalações modernas, até mesmo uma lareira ocidental, porém, de tão velhas, haviam perdido todo o brilho.

Os ruídos da canalização de bambu do jardim e da fonte do lago evocavam o som da chuva. Taeko gostou do albergue, mas Senkichi continuava agitado. Depois de tomar banho e jantar, logo sugeriu irem passear na cidade.

— De novo o *pachinko*? — perguntou ela se adiantando.

— Hum. Que rapaz sem muita ambição sou eu, não acha?

***

Burburinho de uma noite de sábado na Ginza de Atami. Em sua luminosidade deslumbrante, diferentemente das luzes dos bairros de Tóquio, era impossível não sentir flutuar um ar da nostálgica alegria que se prolonga por uma noite apenas. Uma luminosidade desesperada de gigantescas lojas de suvenires. Aliavam-se a isso os reflexos dos espelhos revestindo as pilastras das lojas, uma artimanha para provocar vertigens nos clientes bêbados em seus quimonos *yukata*.

Os dois desceram pela rua principal até a beira-mar. Entraram em uma casa de *pachinko* nova e ampla, que exibia uma placa enorme em que se lia "Grandes descontos de inauguração", e compraram cem ienes em bolinhas cada um. Colocaram o recipiente de plástico com as bolinhas debaixo do prato distribuidor de ferro, puxaram-no para o alto, e elas caíram como em uma avalanche de neve.

Os salgueiros de plástico flutuando aqui e ali, a canção "Lenço vermelho" de Yujiro Ishihara tocando sem parar, enfim, a atmosfera da casa com seus sons de campainha e ruídos ininterruptos de bolinhas teria adentrado a vida de Taeko desde quando? Quanto mais ela pensava, mais imaginava o quanto isso era impossível.

Taeko também começou a inserir com relutância as bolinhas na máquina vizinha à usada por Senkichi, e assim, até mesmo no destino da viagem, sua solidão recomeçou.

Como ocorria sempre que o rapaz tinha diante de si uma máquina de *pachinko*, ele mantinha uma pose heroica e confiante tal qual a de um piloto de avião a jato. Uma postura altiva de profissional, com o cigarro preso aos lábios, as pernas bem abertas, o punho esquerdo posto sobre a abertura de entrada das bolinhas, o polegar enviando ordenadamente as bolinhas para dentro da máquina enquanto a mão direita continuava insensivelmente a acionar a manivela. Taeko não seria sequer capaz de imitá-lo. No painel de Senkichi, três ou quatro bolinhas giravam como seres vivos entre os obstáculos: enfeites de latão com a Torre de Tóquio, um pequeno portal em plástico vermelho, flores metálicas de cerejeira rodopiando incessantes. As campainhas ressoavam sem parar como se compelidas a fazê-lo, e as bolinhas, parecendo ter perdido força, caíam com facilidade.

Ao cabo de uma hora, ele finalmente pareceu retornar ao seu estado original.

— Estou com sede. Que tal irmos a uma casa de chá? — sugeriu Taeko.

Com vinte e cinco bolinhas, ele receberia um maço de cigarros Peace. Conseguira duas dúzias. Saíram e começaram a caminhar em direção à beira-mar.

Havia ali grupos de pessoas um tanto embriagadas vestidas com os quimonos *yukata* dos albergues da área. Os dois usavam roupas ocidentais e foram abordados várias vezes pelo pessoal do hotel em busca de clientes e assim entenderam a utilidade de usar os quimonos dos albergues ao sair pela cidade.

Os bêbados eram simples e felizes. No meio deles, uma mulher de aparência terrível tinha a barra do *yukata* levantada revelando até sua roupa de baixo conforme caminhava. Porém, pelo menos não eram perigosos. Vendo Taeko, muito assustada, se ocultando sem parar à sua sombra, Senkichi caçoou dela.

— Você acha que toda pessoa vulgar é perigosa? Que preconceito barato!

Ele tinha razão, era inegável, mas também era certo que Taeko odiava a ideia da vulgaridade associada à bondade. Quando alguém era vulgar, precisava ser mau assim como Senkichi, e os olhos, em vez de terem persistente lascívia, deveriam ser frios e cruéis. Além disso, se era para ser boa, a pessoa devia pelo menos ser refinada.

O terraço da casa de chá à beira-mar estava lotado de clientes bêbados.

Sentaram-se finalmente em assentos livres, mas mesmo muito tempo depois de terem pedido uma bebida gelada, ninguém a trazia. Sobre suas cabeças pendia um céu noturno, úmido e sem estrelas. Também no aterro, bem diante de seus olhos, um grande número de pessoas estava sentado se refrescando. Inclusive à noite, via-se por vezes, erguendo-se atrás delas, a espuma branca das altas ondas. O mar parecia bastante agitado. Era possível ver a linda iluminação em toda a extensão do Ryugumaru ancorado ao largo da baía de Nishiki oscilando bastante para cima e para baixo conforme o balanço das ondas.

— Enfim, sós. Longe de tudo.

— Você deve estar de ótimo humor apenas por ter se afastado do trabalho. Já eu...

— Ou seja, você não se sente liberto? — Em um instante, sem poder se controlar, ela acabou soltando seu sarcasmo inicial.

— Enquanto estiver sendo sarcástica, estou seguro — declarou ele sorrindo.

— O que você quer dizer com isso?

— Amanhã eu falo!

— Que homem estranho.

Essas palavras sugestivas do rapaz bastaram para dissipar a fugaz sensação de felicidade de Taeko, mas ela foi incapaz de questioná-lo além disso. E ficar sentada no meio do burburinho só aumentava sua angústia.

Taeko estava segura de que o que Senkichi falaria no dia seguinte seria sobre separação. Não havia nenhum fundamento para afirmá-lo, ela apenas intuíra. Sentia-se num beco sem saída. Uma posição frágil, como se tudo dependesse das palavras dele. A posição de um funcionário fraco que pode ser demitido por ordem do presidente da empresa. Uma posição a que foi forçada e da qual, por mais que refletisse, só podia concordar ser merecedora.

Sob a suposição de "se separar desse homem", ela de súbito se pôs a observar o perfil do rapaz. Mesmo sendo uma suposição, era a primeira vez que se permitia supor tal coisa.

Ali estava, como sempre, a beleza juvenil de Senkichi. No entanto, não havia a atração objetiva pelo corpo de um homem de quando se começa a amá-lo, mas uma força magnética mais geral, muito mais vaga. Já não sabia mais o que a atraía nele e que não a largava. Sua voz, um gesto insignificante, um sorriso, suas manias triviais, como quando riscava um fósforo e observava a chama com os olhos estagnados, ou o formato da boca quando fazia beicinho... Desde que passaram a viver juntos no apartamento, todas essas coisas grudaram como visco em cada parte de seu coração, e era impossível desgrudá-las. Ainda que tentasse arrancar apenas uma delas, seria como machucar a própria pele e a deixar sangrar.

A ideia de não se separar de Senkichi era uma forma de autodefesa. Quem pensaria em arrancar a própria pele?

Mesmo observando-o e supondo uma separação iminente, por ora não passava de uma ilusão sem qualquer base concreta, assim como é impossível para quem mora no hemisfério norte ver a constelação do Cruzeiro do Sul a não ser que mude de região.

36

Nessa noite, os dois retornaram para o albergue depois da meia-noite, tomaram mais um banho e se deitaram.

No centro do cômodo de tatames, dois futons estendidos bem juntos, com colchas carmesim e violeta, constituíam uma cena extremamente erótica aos olhos de Taeko, acostumados com camas ao estilo ocidental. Não era um lugar de dormir, mas um ringue quadrangular sensual adequado à volúpia presente nas estampas *ukiyo-e*.

Senkichi foi o primeiro a terminar o banho e se deitar. De bruços, exibia as costas musculosas e bronzeadas enquanto fumava um cigarro. Sem tirar os olhos da fumaça, ele disse:

— Vista o *yukata* e venha!

— Mas...

— "Mas" nada! Vista-se e venha.

Ela sabia que não ficava bem de quimono e, mesmo estando apenas os dois, ou melhor, justamente por estarem só os dois, não queria ficar com a aparência desmazelada dos turistas das estações de água termal. Ela não sabia vestir um quimono com habilidade. O *yukata* feminino do albergue, cuidadosamente posto sobre uma bandeja de roupas, era cor-de-rosa claro, com uma cinta e um cordão da mesma cor. Quando tentou vesti-lo diante do espelho da cômoda, parecia não se ajustar à largura do corpo, ficou desajeitado e sem graça.

Hesitante, ela lançou um olhar furtivo para Senkichi no dormitório. Os músculos salientes das omoplatas em suas costas bronzeadas se assemelhavam a asas dobradas. O halo de luz do abajur de cabeceira estava repleto da fumaça que fluía do cigarro.

Nesse momento, Taeko foi assaltada por uma ideia terrível que de repente a petrificou. Imaginou como ficaria feliz se pudesse conduzir Senkichi, naquela noite, a realizar um duplo suicídio amoroso com ela!

Por um instante, pairou diante de seus olhos a imagem vívida (apesar de jamais ter visto algo similar) de um homem e uma mulher caídos com seus *yukata* de albergue amarfalhados. Por mais repugnante que fosse, a imagem lhe trazia à lembrança marcas de prazer e êxtase assustadores, assim como restos negros de grama calcinada relembram as lindas chamas da fogueira da véspera.

"Forçá-lo a um duplo suicídio também não seria ruim. Se eu pudesse assassinar Sen-chan…"

A ideia de fato era comum, e a Taeko de outrora, mais do que odiá-la, teria escarneado dela, mas naquele instante julgou-a fantasticamente original. Podia imaginar o rapaz, objeto de suas contínuas apreensões, transformado em um cadáver mudo, dócil, mas mantendo a "frieza glacial". Como seu espírito se sentiria aliviado!

Eram, obviamente, meras ilusões caprichosas, e ela acreditou ter dissipado de imediato esse sentimento. Porém, quando, por fim, estranhamente excitado com a aparência desajeitada de Taeko, Senkichi abriu com violência o *yukata* forçando a cabeça em seus seios e ela sentiu nas narinas o adorável perfume da loção em seu cabelo, a ilusão da morte misturou-se de novo à emoção. O aroma sombrio e juvenil a fez recordar o cheiro de incenso queimado nos funerais, e ela se excitou com a ideia de que, naquela noite, os dois fariam amor pela derradeira vez antes de morrer.

Dessa forma, pela primeira vez, a morte desempenhava o nítido papel de tempero no vínculo carnal existente entre os dois. A ideia era idiota, infantil, mas ela sentia em seu corpo, indubitavelmente, um prazer semelhante ao do suicídio amoroso.

O doce prazer da morte... Taeko teria possivelmente inventado de repente tudo isso como um paliativo para escapar do medo da conversa sobre separação. Se a separação significa uma morte psicológica, a morte carnal decerto teria o sentido oposto. Em suma, ela tentava assim dar um giro de cento e oitenta graus na lógica que a acossava.

Em meio à penumbra, o cordão rosa-claro se desfez com um farfalhar agudo da seda. Taeko chorou de alegria. No quarto envolto pela escuridão não havia nada: nem sociedade, nem enigmas, nem o olhar perscrutador das pessoas, nem vaidades. Era como se dois náufragos sobre uma jangada em alto-mar se amassem mesmo descartados do mundo.

Na leve cotovelada que Senkichi lhe dera como sinal, Taeko compreendeu o desejo do rapaz e adiantou-se a ele. E, suavemente, um elo se ligava a outro permitindo novas e sucessivas combinações infinitas, como os fragmentos vítreos de um caleidoscópio. As descobertas dos dois eram ilimitadas.

Se não se agarrasse firmemente ao braço musculoso de Senkichi, ela se afogaria no mar, jamais retornando à superfície. E durante uma breve pausa para descanso, ele se divertia puxando de leve a ponta do nariz dela e lhe aplicando subitamente um beijo. Mesmo ela, que odiava animais, compreendeu naquele instante o sentimento de quem os amava.

O cheiro de seus corpos gradualmente se intensificou, e os travesseiros foram parar longe, atirados para fora do círculo de luz do abajur de cabeceira.

Taeko sentiu que os dois nunca tinham se amado de modo tão simples, somente com seus corpos, a ponto de não precisarem em absoluto de seus corações. Bem ou mal, alcançaram esse domínio em cooperação mútua.

"E dizer que não havia angústia! Na noite em que temia a conversa sobre separação."

Assim, só em meio à conexão das carnes surgia um mundo sem angústias. Pensando bem, uma situação bastante angustiante por si só.

Como dois afogados, os dois se encaravam, agarrados firmemente ao cabelo um do outro.

Finalmente Senkichi se afastou, e quando os dois, calados, fitavam o teto da casa campestre escurecido pela fuligem, Taeko de repente foi assaltada pela angústia já esquecida.

Enquanto ainda sentia as densas oscilações de prazer por todo o corpo, experimentou ao mesmo tempo a dor aguda de estar vagando por um mundo sem saída após ter atingido, naquela noite, um ponto extremo. Nunca gritara tanto de prazer. Formara-se justamente ali uma situação de indescritível bloqueio que as pessoas — em particular os homens — desejariam destruir a qualquer preço.

Taeko temia que Senkichi, observando o teto escurecido, começasse a conversa que dissera que teriam no dia seguinte. Achou natural que o fizesse. Seu coração bateu mais forte.

Porém, Senkichi não disse nada.

Quando ela percebeu, ele dormia.

37

Também no dia seguinte o céu tinha poucas nuvens e estava repleto de uma luz branca.

Depois de tomarem o café da manhã, os dois abriram as portas corrediças e sentaram-se em cadeiras na varanda para contemplar o jardim.

Dentro do laguinho de águas turvas, por vezes o dorso de uma carpa reluzia, e em vários pontos na borda azaleias vermelhas desenhavam nítidas sombras. No centro do lago, havia uma fonte. Por entre as lindas folhas novas do bordo, na ilha central, à semelhança de um grande leque de penas de pavão, um jato de água espalhava uma profusão de espuma branca.

Do outro lado do lago, entre moitas de camélias, via-se um diminuto moinho formando uma cascatinha com a água recebida de uma colina artificial. Uma enorme palmeira fênix, coberta por samambaias verdes parasitando seu tronco, sustentava o céu nublado com suas vigorosas folhas.

— Ah, uma mariposa! — exclamou Taeko.

— Onde?

— Perto daquela fênix.

Era uma grande mariposa azul-clara. Sob a árvore, distinguia-se sua silhueta voltejando misteriosamente na penumbra.

— O que faremos se ela vier voando e de repente penetrar na nossa boca?

— Pare de imaginar coisas tão repulsivas!

— Certamente pararíamos de respirar.

Taeko pretendia falar sobre a sensação sufocante que sentia. Porém, a conversa se interrompeu nesse ponto.

Senkichi enrolou as mangas do seu *yukata* e inclinou-se para trás na cadeira de vime demonstrando total tranquilidade. Era a aparência do jovem marido cheio de confiança. A confiança que não teria se fosse ele um noivo em lua de mel.

"Algum dia, Senkichi se casará!"

A ideia a fez sentir como se um bolo quente lhe subisse pela garganta. Não podia mais continuar simplesmente esperando para receber a declaração de Senkichi. Sua intuição lhe dizia que ele viera a Atami com a clara intenção de falar sobre separação, e ela não conseguia suportar permanecer de braços cruzados enquanto ele decidia com uma palavra o seu destino.

A cada instante, ela perdia a oportunidade de tomar a dianteira. Se ele falasse primeiro, tudo estaria acabado.

Na noite anterior, enquanto ele dormia ao seu lado, ela ponderara bastante sobre uma proposta, um derradeiro compromisso, algo que o fizesse deixar de lado a conversa sobre separação. Precisava agir rápido antes que fosse tarde demais.

— Diga... — começou Taeko a falar com naturalidade. — Nós dois aparentemente chegamos a uma etapa terrível de nosso relacionamento. Estamos dependentes um do outro como toxicômanos e, se continuarmos assim, estaremos fadados à destruição.

Depois acrescentou, pisando em ovos:

— É apenas uma impressão subjetiva! Você é bem cabeça fresca. Mas tendo chegado a esse ponto, creio que só há um caminho. Deixar de lado as artimanhas mútuas e aceitar a possibilidade de nos relacionarmos com outras pessoas, seja apenas um caso passageiro ou não. Isso deixará tudo às claras entre nós, e poderemos preservar nosso amor adulto sem insatisfações. Diga... não acha isso possível entre nós?

— Ah...

Senkichi olhou-a de modo inquisitivo, e suas palavras seguintes, em um tom de raiva brutal, a inebriaram de felicidade.

— Tem algum outro homem em sua vida?
— Claro que não!
Ela respondeu com verdadeira alegria. Pela primeira vez emitia uma voz tão vívida.
— Não tem ninguém! Estou falando sobre nosso futuro. Se você continua totalmente livre vivendo comigo, eu também devo ter o mesmo direito. É o único caminho de redenção que me resta. Detesto mistérios. Odeio essas dissimulações causadoras de conflitos. Daqui em diante, me apresente a todas as suas mulheres. Prometo não atrapalhar. Em troca, talvez eu tenha minhas aventuras amorosas a partir de agora. Será uma forma de redenção. Mas eu os apresentarei abertamente para que você os aprove... Como posso explicar? Creio que é chegada a hora de pararmos com hipocrisias. Devemos deixá-las para os casais comuns. Ou seja... sejamos mais cúmplices, verdadeiros comparsas.
— Hum. Incrível você dizer isso.
O aspecto pensativo de Senkichi pareceu um pouco inusitado a Taeko.
Porém, ela estava confiante em seu propósito.
A proposta feria de certa forma o amor-próprio dele e, sem dúvida, o impedia de voltar atrás. Se mesmo após ouvir isso ele trouxesse à baila a história da separação, estaria sacrificando uma vida próspera e de total liberdade. Pois o motivo para uma separação, a ponto de se sacrificar por ela, enfraquecera. Dali em diante, ele poderia de qualquer forma se libertar do fardo emocional e do peso na consciência (caso ele o tivesse, claro).
Senkichi permaneceu pensativo, aparentando fazer cálculos em seu coração, mas, como sempre acontecia ao se entregar a pensamentos pragmáticos, seu aspecto soberbo e extremamente prudente era uma visão cativante. Apenas nesses momentos ele parecia esquecer suas belas feições, colocando-as em alguma prateleira. Sentado com um dos joelhos posto sobre a cadeira,

desleixado, beliscava de leve a carne da coxa juvenil enquanto pensava. A parte interna reluzente ainda conservava sob a pele a marca hemorrágica, lembrando um moranguinho, produzida pelos lábios de Taeko na noite anterior.

— Ok. Então assim será a partir de agora.

Senkichi lançou essas palavras mantendo no rosto a expressão de quem ignorava o motivo de Taeko fazer semelhante proposta. "Que mulher é essa que, logo depois de eu lhe dar tanto prazer, me estapeia?", parecia querer dizer.

"Ele desempenha bem seu papel", pensou Taeko ao ver o rosto de Senkichi, mas, sentindo-se vitoriosa, alegrou-se incrivelmente.

— Então, selemos o nosso acordo com um aperto de mão.

Taeko estendeu a mão agarrando a de Senkichi e, forçando-o a se levantar, levou-o até um canto desalumiado do quarto onde vindicou um beijo. Taeko compreendeu o quanto sua avidez desnorteara o rapaz. Depois do longo beijo, cada qual foi tomar outro banho. Ao terminarem, com o espírito refrescado, passearam pelo jardim. Atrás da casa campestre havia uma velha e grande laranjeira amarga carregada de frutos. Com um salto incrível, Senkichi alcançou um galho e colheu duas laranjas, entregando uma delas a Taeko. A acidez da fruta o levou a fazer uma careta logo na primeira mordida. Taeko soltou uma risada. Assim que começou a descascar a laranja, o suco esguichou até seu olho, e, em meio às lágrimas, ela voltou a rir.

38

Os dois partiram de Atami às oito da noite para evitar os congestionamentos na volta para Tóquio. Quando chegavam à entrada da estrada com pedágio, Taeko contemplou a vastidão do mar noturno satisfeita com o sucesso da curta viagem.

No posto de descanso onde repousaram no dia anterior, Senkichi disse de súbito como se tivesse se recordado:

— Ah, eu havia prometido falar algo hoje e acabei esquecendo.

— O quê?

Taeko sentiu de súbito o coração acelerar e o rosto empalidecer. Apesar de saber que seu medo residia apenas no reino da imaginação.

— É sobre o maço de cigarros que você recolheu aqui. Naquele momento, eu sabia que era meu, mas disse a você para jogá-lo fora. Sabe por quê?

— Não exatamente.

— Porque você poderia trocar num instante aquele cigarro por algum cheio de cocaína, ou algo assim... Muito tempo atrás, em uma viagem de um pernoite como esta, uma mulher quase me matou! Essa pessoa de fato pretendia cometer um duplo suicídio amoroso comigo. Escapei por um triz, mas estou calejado com experiências do tipo. Por algum motivo, tive a impressão de que também nesta viagem havia algo de perigoso. Só me acalmei ontem à noite na casa de chá, quando você começou a falar sobre coisas desagradáveis. Uma mulher falando coisas detestáveis não tem propensão a ações radicais. Essa outra mulher não dizia coisas do tipo, era incrivelmente doce e submissa, e, por mais que eu a provocasse, era em vão. Foi assim desde o início da viagem.

— Então foi isso. Era a isso que você se referia quando disse "amanhã eu falo". Era esse o assunto — desandou Taeko a rir. — Que tola eu sou. Me enganei por completo.

— Você se enganou?

— Estou pasma. Era esse o assunto? Você é mais medroso do que eu imaginava. Estava com medo de mim? Que tolinho. Bastava ter me dito na hora. Eu teria o maior prazer em matar você do jeito que desejasse.

Senkichi estava impassível diante da boa disposição cada vez mais exagerada de Taeko.

— O que você quer dizer com ter se enganado?

— Bem, quanto a isso... — começou a dizer e voltou a sorrir. — Amanhã eu falo.

39

O encontro habitual das Damas do Parque Toshima estava previsto para 26 de junho. Nesse dia, apesar da estação das monções ter dado um respiro, reinava um calor insuportável, com os termômetros passando dos trinta e cinco graus.

As três jantaram em um restaurante novo, localizado, como de costume, nos arredores de Roppongi. Foram ao restaurante por recomendação de Suzuko, que lhes disse que ali serviam um prato delicioso chamado "enguias à benoîton", que consistia em postas grossas de enguias fritas.

Seria a última oportunidade de as três se encontrarem até o outono, já que no mês seguinte Nobuko, como era seu infalível hábito de todo verão, iria se refugiar do calor em um chalé nas montanhas, onde se dedicaria à leitura. Mesmo que fosse apenas durante o verão, Nobuko queria se abster das idas a pré-estreias de filmes e a desfiles de moda, um desejo por demais supérfluo para as outras duas amigas presas ao trabalho.

Taeko tinha planos de alugar uma butique em Karuizawa no verão do ano seguinte, levando com ela duas ou três costureiras prediletas para realizarem o trabalho, como uma forma de fugir do calor. Além disso, não seria má ideia se levasse tecidos de outono e recebesse os pedidos de encomenda instalada nessa região de refúgio estival. Porém, nesse verão, ela achou mais vantajoso ainda não se desgrudar de sua butique de Tóquio e se concentrar mais nos clientes que continuamente iam e vinham entre Karuizawa e a capital durante a estação. Além do mais, doía-lhe por dentro quando ouvia as donas de bares de Ginza se vangloriarem de passar o verão em Karuizawa.

Originalmente, aquela fora uma área desbravada pelos amigos dos seus pais.

Sempre que as três se encontravam, a conversa era alegre, mas naquela noite Taeko estava ainda mais animada. Ela bebia bastante, e seu riso era mais estridente do que o de costume.

Nobuko recebera um pedido para escrever um artigo sobre roupa íntima masculina e exagerava nas explicações de como fora difícil realizar uma pesquisa de campo individual sobre o assunto.

— Nossa, nunca tive interesse em particular por roupa de baixo masculina — declarou Suzuko francamente. Em sua mente, só havia dois tipos de homens: os de terno e gravata e aqueles desnudos por completo.

Taeko sabia que o objetivo do encontro era falar às claras, sem mentiras ou dissimulações. Com as experiências do divórcio e do trabalho, as três compreenderam que precisavam ter em suas vidas um momento e um espaço como aquele. A vida familiar jamais lhes proporcionaria esse conhecimento.

Ao falarem com franqueza, cada uma delas recordava a vida conjugal com os ex-maridos. Quando lembravam nas conversas que aquelas macabras atividades eram a situação real da vida matrimonial "sacrossanta", havia uma vaga animação, a ponto de ser ridícula, que permitia confirmar a própria liberdade. Ao mesmo tempo, a repetição contínua da confirmação da própria liberdade era acompanhada de uma inexprimível sensação de vazio. Isso refletia também a desarmoniosa vivacidade das reuniões das Damas do Parque Toshima.

— Vocês não podem encontrar alguém para eu ter uma aventura amorosa?

Quando Taeko começou a falar, seu ânimo estava no máximo. Ela própria criara esse estado com a finalidade de proferir tais palavras.

Na realidade, o mais duro era constatar a reação das amigas ao fazer a pergunta. Era uma vaidade estranha, pois elas eram amigas justamente por compreenderem umas às outras de forma plena. Ela não suportaria nessa hora os prováveis olhares de Suzuko e Nobuko parecendo querer lhe dizer: "Ah, sua relação com Senkichi já chegou a esse estágio."

Justo nesse instante, Taeko pensou em como havia escolhido bem as duas como amigas. Ao ouvirem-na, Suzuko e Nobuko nada questionaram e responderam com a expressão feliz, revelando amizade:

— Pois é o que não falta por aí. Tem até por dez ienes um lote.

— Pelo menos escolha os de cerca de trinta ienes o lote!

— Então, qual tipo você prefere? Profissão, idade, conte-nos tudo!

— Seria sem graça alguém com a mesma idade dele — esclareceu ela, intencionalmente evitando pronunciar o nome de Senkichi. — Mais de trinta. Sim, de uns quarenta anos seria o ideal.

— Mas homens dessa idade não são seu tipo, são?

— Por isso mesmo: quero mudar um pouco minha preferência. Precisa ser um homem desapegado a responsabilidades, sem cobranças, que goste de se divertir e com uma posição social bem definida.

— Sim, sim, entendido. Sabemos em geral seu gosto, e nos últimos tempos não faltam homens de certa idade ainda se fazendo de playboys.

Suzuko e Nobuko abriram suas cadernetas e se consultaram furtivamente.

— Este aqui é bom — ergueu Suzuko a voz logo depois.

— Vou telefonar para ele agora. Neste horário, ele costuma estar no Rosamonde.

Vendo que Suzuko se levantara de pronto após dizer isso, Taeko a deteve às pressas.

— Não se preocupe. Vou chamá-lo, e se você não gostar dele, não há problema! Ele vive mesmo na ociosidade — concluiu e se dirigiu ao telefone.

Observando por trás as ancas visivelmente avolumadas de Suzuko, Taeko sentiu que de nada adiantaria tentar demovê-la e acabou se deixando levar pela situação.

De repente, diante de si, ela viu se abrir um caminho sombrio e reto. Bastava correr por ele de olhos fechados. Por que imaginava que o caminho, que não deveria ser o primeiro, era um corredor em direção a uma queda vertiginosa? A vida dela com Senkichi era algo assim tão puro?

— Como é esse homem? — perguntou Taeko displicentemente a Nobuko aproximando a taça de vinho do canto dos olhos.

— Ele é o presidente de uma empresa fabricante de aparelhos médicos!

— Hum, soa horrível.

— Horrível? Desde que não use esses aparelhos em você... Ele é filho do fundador da famosa empresa comercial Otowa, e aparentemente todos os equipamentos dos hospitais ligados à faculdade de medicina da Universidade de Tóquio são fornecidos por eles. Sem dúvida, é um homem extremamente pontual, e toda noite, das oito às oito e meia, ele está no bar Rosamonde, onde planeja a noitada. É um homem interessante! Não sei se você gostará dele ou não, mas é um típico *bon vivant*.

— Também não estou a fim de nenhum Don Juan!

— No final das contas, o mais importante é que ele não crie problemas quando você escanteá-lo. No seu caso, você não pode exigir muito.

Taeko se importunou com esse "no seu caso" dito por Nobuko e, de repente, sentiu uma leve dor de cabeça.

Suzuko terminou o telefonema, e sua silhueta, caminhando a passos ligeiros sobre o tapete, era repleta de gentileza e boa vontade. Taeko notou a bolsa muito pequena de Suzuko balançando ao lado de sua cintura redonda.

— Falei com ele! Estava no bar! Isso é o que se chama de momento oportuno. Ele disse que virá imediatamente. Não é ótimo, Taeko?

— Sim — respondeu ela na medida do possível elegantemente.

40

Otowa, o presidente da empresa fabricante de aparelhos médicos, chegou trinta minutos depois, bem no momento em que elas davam cabo da sobremesa.

Muitos homens nessa imensa Tóquio atenderiam alegremente e de imediato ao chamado de determinada mulher. Assim como os homens que se apressam em aceitar um convite para jogar *mahjong*, os que são convidados para a companhia de uma mulher também aceitam, seja lá para o que for, querendo tirar sem falta algum proveito pessoal.

Nesse sentido, Otowa não tinha vontade de ter homens como amigos, preferindo se imiscuir em uma atmosfera feminina. Ele sempre afirmava que, se pudesse, cortaria o cabelo em um salão de beleza para mulheres, enviaria as camisas para lavar em uma lavanderia administrada por uma mulher ou moraria em uma cidade onde os entregadores de jornais fossem mulheres. Certamente, uma cidade assim não existe em lugar algum do mundo.

Ao ver Otowa entrar, Taeko desconfiou de que ele era realmente o fanfarrão que ela imaginara.

Devia ter por volta de quarenta anos, mas, de jeito esportista, seu rosto e corpo eram sólidos. As faces, pequenas, davam-lhe uma aparência moderna. O terno de corte reto, com três botões, ao estilo do terno dos estudantes das principais universidades americanas, caía-lhe muito bem. Talvez por frequentar sempre locais refrigerados, não estava transpirando, apesar de ser verão, e o fato de trajar um leve terno cinza-escuro agradava a Taeko. Era um homem de semblante viril, pouco afeito a sorrisos, mas bastante direto em tudo o que falava.

— Qual senhorita requer meus serviços? — perguntou tão logo se sentou.

— Não sou eu.

— Nem eu. Já estou bem servida.

As duas amigas falaram sem rodeios. Incapaz de acompanhar ao bel-prazer o ritmo das respostas, que misturavam tons jocosos e sérios, Taeko por um instante se sentiu pouco à vontade.

Otowa observou Taeko de relance e, em seguida, começou uma conversa totalmente diferente.

— Estou cansado de lidar com adolescentes! Falam com a convicção própria de um adulto, mas na cama são enfadonhas. Além disso, embora vendam o corpo barato para os rapazes de sua idade, com homens como eu afetam ser uma mercadoria de valor exorbitante. Não que elas exijam dinheiro, não é isso. O insuportável é o narcisismo, acham que estão dando um presente de valor inestimável. Em suma, influenciadas pela tevê ou pelos romances, elas têm a noção bem definida de que os homens de meia-idade aos quais elas oferecem seu fruto delicado e tenro o degustam como algo incrível e valioso. Muitos homens afetuosos acabam mimando-as demais com seus tolos complexos de idade. Quando se chega a esse estágio, homens como eu acabam por tratar como iguais as mulheres de todas as idades.

— Inclusive as de oitenta anos?

— Depende do caso. Porém, a condição é que sejam belas. A mulher que desistiu da própria beleza não pode mais se enquadrar na categoria de mulher. Nesse sentido, há no Japão inúmeras mulheres que desistem rápido.

— Enfim um homem que nos compreende bem, nós, as Damas do Parque Toshima.

— Isso mesmo. As mulheres elegantes são as acima dos trinta anos! Não existe mulher elegante na casa dos vinte.

Enquanto falava, Otowa quase não olhava para o rosto de Taeko. Porém, ela percebeu em suas palavras uma franqueza calculada de forma habilidosa para incitá-la.

Tóquio era mesmo uma enorme metrópole para Taeko ainda não ter conhecido um *bon vivant* de meia-idade rico e confiante como ele e ignorar que um homem assim existisse. Logo ela que acreditava conhecer todos os homens desse tipo, sem exceção.

Homens cujo propósito de vida é o "refinamento" podem por vezes ter uma existência aparentemente brilhante aos olhos de mulheres com pouca experiência em aventuras amorosas. Nada de especial nisso, mas eles põem ali sua mais elevada meta de vida. Uma voz um pouco baixa e rouca, uma postura niilista, uma súbita modulação doce... Eles sempre aperfeiçoam o mecanismo dessa técnica de sedução e nunca negligenciam ajustes, ou seja, assemelham-se a verdadeiros engenheiros.

Diante das mulheres, têm vergonha de puxar assuntos nobres como artes ou semelhantes, e tratam desde o início como mulher tanto uma aristocrata quanto uma puta, mudando apenas o tema da conversa dependendo da contraparte.

Asseados e bem-vestidos, com as unhas das mãos sempre muito limpas, criando personalidade da gravata às meias, com relógios e isqueiros da melhor qualidade mundial, conduzem eles próprios seus carros estrangeiros.

Até aí, os pontos em comum com Senkichi eram muitos, mas, estranhamente, faltava a eles a tenebrosa selvageria. Tampouco tinham a impaciência da juventude. Demonstrar irritação era parte da técnica, e eles a aplicavam dependendo da circunstância, mas faltava-lhes a espontaneidade impulsiva do rapaz.

E era espantoso o fato de não lerem livros (provavelmente nunca tiveram tempo para isso), não demonstrarem interesse por literatura ou questões políticas, o que revelava de imediato a superficialidade nos temas das conversas. Uma longa convivência com eles acabava por ser enfadonha, e a prova disso era que, mesmo mudando o parceiro, nunca se cansavam de suas proezas amorosas. Ainda que com opiniões próprias sobre os tornozelos de uma mulher, fogem quando a conversa muda para filosofia, e se uma mulher abordar o assunto, permanecem calados olhando entristecidos para o rosto dela, dominando a técnica de se passarem por donos de uma superioridade intelectual.

Era terrível como mantinham perfeita compostura e apenas se preocupavam em não causar desordem no ritmo de vida, importando-se meticulosamente quando o assunto eram mulheres. Sua especialidade eram as pequenas gentilezas, uma dezena delas sempre guardadas na manga. Diante de qualquer mulher, não se esqueciam de fingir interesse por ela e, quando a ignoravam deliberadamente, não deixavam de tomar cuidado para que a escolhida não percebesse que estava sendo realmente desprezada.

Porém, pensando bem, não deixava de ser estranho que esses homens, que exibem constantemente uma atitude de provocar desejo quando se veem com quaisquer mulheres, fossem destituídos de instinto selvagem ou animal. Seria porque tais instintos dependem de uma rispidez maior?

Taeko foi aos poucos ganhando confiança para conversar com Otowa. Por um lado, sentia nele uma serenidade inexistente em Senkichi por causa da idade e tentou enquadrar cada característica dele nas descritas nos parágrafos precedentes.

Subitamente, ela começou a conversar sobre literatura francesa, algo que em geral não fazia, e a discorrer sobre Simone de Beauvoir.

— Nobuko, você leu *A força da idade*?
— Sim.
— O relato da viagem com Sartre à Grécia é a melhor parte do livro, não? Mas eu me pergunto como aqueles dois

conseguiram conciliar em sua vida privada complexas teorias filosóficas com cenas de alcova. É um grande mistério. Difícil de imaginar.

Via-se pelo semblante de Otowa que ele não havia lido o livro e apenas tentava se adaptar da melhor forma à conversa, o que deixou Taeko estupefata.

"Esse homem vive de falsas aparências. Não conseguiria pelo menos fingir conhecimento? Ou seria uma técnica mais elaborada para me mostrar abertamente, de propósito, que não sabe fingir? Estaria querendo que eu o tome por um homem gracioso fora dos padrões?"

Podia-se afirmar que o simples fato de Taeko pensar essas coisas era um sinal de que ela nutria algum interesse por ele.

41

Depois do jantar, por apresentação de Otowa, os quatro foram a um clube noturno em Akasaka. Ele conhecia o *maître* e, mesmo sem reservas, conseguiu uma mesa com uma boa vista para o palco.

Otowa as entretinha com real habilidade, mas tão logo o show terminou Suzuko e Nobuko, pretextando terem um compromisso, começaram a avisar que partiriam, deixando Taeko para trás.

Taeko não gostou da maneira atenciosa em excesso das amigas e também, devido à embriaguez, achava tudo cansativo e sem graça. Fez menção de partir junto, no entanto, sem conseguir levantar os quadris da cadeira, sentiu de repente o peso da idade, algo até então inédito.

Por que subitamente diante de um homem mais velho sentiria uma fraqueza jamais experimentada, ao passo que diante do jovem Senkichi estava sempre enérgica?

Não era a primeira vez que acabava permanecendo devido à embriaguez, mas nunca devido à indolência física imobilizante.

Quando ficaram a sós, os dois trocaram olhares, e ela se viu visivelmente apática.

Otowa era, sem dúvida, um homem bonito, e qualquer um que visse os dois diria se tratar de um casal de namorados ajuizado e elegante. Contudo, um vento bafejava dentro do coração de Taeko.

A antiga visão do deserto voltara a aparecer em seu espírito, e o vento soprava a areia como agulhas em direção a suas faces.

— Que tal dançarmos? — propôs Otowa.

Taeko pensou que se tratava do ruído áspero da areia. Nesse momento, sentiu que o deserto interno do homem e o seu deserto eram parentes. Não havia ali nenhum elemento desconhecido.

"Estou conversando com um velho amigo."

Pensando assim, um leve sorriso amargo surgiu em seus lábios.

— Que tipo de sorriso é esse?

— Um sorriso sem nenhum significado em particular! Apenas comecei a me sentir íntima de você. Ok, vamos dançar.

Por Otowa demonstrar habilidosa técnica de dança, Taeko sentiu um frisson no corpo enquanto dançavam e acabou desistindo no meio de uma música.

— Estou pasmo. Pela primeira vez uma mulher desiste no meio do caminho quando dançamos!

— Perdeu um pouco de sua autoconfiança?

— Não, ainda não.

— Que ótimo. Estou apenas com um pouco de dor de cabeça.

— A velha desculpa de sempre. Quer que eu te compre algum remédio?

— Basta você ficar do meu lado e logo devo melhorar.

— Por favor, não caçoe de mim desse jeito!

— Não estou caçoando. Estou me divertindo! E justamente por me divertir a cabeça me dói cada vez mais...

Dessa forma, Taeko se tornava uma mulher difícil de lidar. Ela também estava, de certa forma, feliz com a tranquilidade de se tornar uma mulher difícil o quanto quisesse diante de um homem como Otowa.

— Posso beber mais?

— Claro, o quanto quiser.

— Você gosta de mulheres bêbadas?

— Não necessariamente. Além disso, as mulheres costumam encher a cara quando têm uma desilusão amorosa.

Taeko se surpreendeu com a estranha perspicácia de Otowa.

— É? Isso significa que homens não se embebedam quando ficam com o coração partido?

— O saquê nesses casos age com a função de medicamento. Os homens bebem para se esquecer de si próprios sabendo se tratar de um remédio sem gosto. Mas as mulheres nessa situação bebem de verdade! Elas vinculam esperança ao álcool. É uma cena insuportável de se ver.

— É uma lógica bem pretensiosa, não?

Ela estava farta dessas dissertações espirituosas. Otowa se comprazia falando coisas desnecessárias quando deveria deixar as mulheres em paz.

— Quem te ordenou que nos tornássemos amigos?

— Ninguém me ordenou nada.

— Viu? Sendo assim, não precisa ser tão oferecido!

— E maus-tratos tampouco são ruins. Agora que sei que você é encantadora, charmosa e má, estou apenas me apegando a você!

— É mesmo? Você me acha encantadora e charmosa? De verdade?

Taeko percebeu que Otowa ficou embaraçado com o tom estranhamente sério, mas apesar disso continuou repetindo com insistência.

— Sou mesmo encantadora? Tenho charme?

Entre a embriaguez, a música e a penumbra remanescente, Taeko desejava ardentemente ouvir tais palavras pronunciadas por esse homem.

Eram palavras que Senkichi nunca lhe dissera, um ramalhete de flores que ele nunca lhe oferecera por falta de generosidade no coração. Ainda que ele lhe oferecesse agora, ela certamente não o aceitaria de bom grado, mas desejava recebê-lo de um outro homem, com quem não tivesse afinidade, com toda a pompa e amarrado com um formoso laço de fita. Ao ouvir essas palavras, decerto ela reencontrou um outro eu já esquecido e recuperou o equilíbrio rompido...

Entretanto, nesse caso, infelizmente a contraparte não era um homem rústico ou singelo. Esse homem, em cujos punhos brilhavam abotoaduras de ouro de fabricação alemã, buscava o amor apenas no refinamento e acabou evitando as perguntas insistentes de Taeko.

— Nunca repito algo que disse. Porque na segunda vez torna-se uma mentira.

— Não diga isso. Fale de novo, por favor.

— Não.

Com um ligeiro sorriso nos olhos, Otowa disse esse não num tom que um pai usaria para ralhar com um filho.

Depois se instalou entre eles um silêncio inexplicável. O interesse de Taeko por Otowa desapareceu por completo. Saindo do clube noturno, ela recusou perseverantemente a carona até em casa oferecida por ele em seu Taunus, pedindo ao porteiro que lhe chamasse um táxi.

42

Depois disso, Taeko continuou a contatar Suzuko com frequência por telefone e se encontrou com vários cavalheiros íntegros apresentados por ela. Como se conduzisse um espetáculo, Suzuko apregoava que uma linda mulher de seus trinta anos, casada e com filhos, desejava um parceiro apenas para uma pulada de cerca.

Era uma estratégia perigosa. Teria sido melhor para Taeko buscar um parceiro de maneira mais natural. Porém, sua timidez, aliada ao fato de ela no fundo não desejar essas aventuras, exigiam alguma compulsão. Para mostrar deferência a Suzuko, ela desejava criar uma situação na qual teria uma aventura amorosa com alguém, mas a amiga percebeu a atitude e se queixou.

— Então você virou prostituta, e eu, sua cafetã? Recuso-me a tomar parte nisso.

— Mas assim não é mais interessante?

— Que irresponsável você é!

Suzuko se divertia ao dizer isso. Escolhia homens que desconheciam Taeko e quando lhes dizia "uma certa senhora casada está querendo dar uma pulada de cerca", oito ou nove em cada dez deles demonstravam interesse na proposta. Eles levavam as duas a passeios forçados e a ótimos restaurantes. Muitas vezes, os convites eram para as duas talvez como agradecimento a Suzuko, e Taeko sentia interesse por essa nova emoção e esse passatempo de qualidade inferior. Apesar disso, Suzuko acabou se irritando ao constatar que a amiga não se decidia por nenhum deles.

— Não vou mais me divertir com você — disse em um tom infantil parando de contatá-la.

Dentre esses pretendentes, havia um político famoso, com idade inferior a cinquenta anos e muito ocupado. Certa noite, ele convidou as duas para jantar em um conhecido restaurante, onde, mantendo sempre a compostura, começou a lhes contar uma história romântica da juventude.

No ensino médio, ele tivera um amor platônico por uma mulher casada e até cogitou morrer. Desde então, nunca perdera o apego infantil por lindas balzaquianas casadas. Afirmou que apenas poder jantar, como naquele momento, o alegrava, pois tinha a impressão de reencontrar essa mulher do passado.

Havia uma diferença incompreensível entre essa ilusão romântica no coração do homem e a clara vontade de Taeko em cometer uma infidelidade, e não lhe agradava a situação de se vingar de um lindo sonho passado com um desprezo dissimulado no rosto de expressão gentil. Esse desprezo era visivelmente direcionado a Taeko.

Ela não se encontrou mais com ele. Certa noite, quando voltou de carro da butique para seu apartamento, parou como sempre por um instante diante da porta com a desagradável e angustiante sensação no peito de não saber se Senkichi estaria ou não. Nessa noite quente e úmida, sentiu uma vertigem depois de descer do carro e encostou a testa na pilastra do pórtico.

Assim que o motorista partiu, um grande carro estacionou diante da porta. Taeko se surpreendeu ao ver sair de dentro dele o tal político.

— Ah, é você. Na outra noite...

— Nossa, finalmente consegui encontrá-la.

A voz alta e despreocupada era emitida do corpo de um metro e oitenta de altura. Ele pousou a mão no ombro de Taeko. Ela, que estava tonta, sentiu a vontade instintiva de agarrar-se àquele braço.

— Encontrar-me? É mesmo? Logo você que é uma pessoa tão ocupada.

— Justamente por ser ocupado, tenho tempo para fazer loucuras.

Taeko se animou e, às pressas, começou a encenação.

— Perdoe-me. Se meu marido nos vir...

— E que importa se nos vir? Somos apenas bons amigos.

— Mas, você sabe, em frente ao prédio onde moramos. Por favor, tenha bom senso. Você põe em risco o seu nome.

— Em geral, tenho bom senso! Ele emana de mim como uma fragrância, chegando a entrar inclusive pelas minhas narinas. E no que se refere ao meu nome, não há com que se preocupar, pois eu mesmo até tinha esquecido desse nome a zelar.

— Oh, eu imploro. Hoje vá embora. Numa próxima oportunidade, nos encontraremos em outro lugar às escondidas.

— Taeko Asano de fato tem um marido?

Ouvindo de súbito seu verdadeiro nome, Taeko docemente se rendeu.

— Que homem terrível. Sabe de tudo a meu respeito, pelo visto.

— Sou romântico com verdadeiras mulheres casadas. Mas com alguém como você, uma péssima atriz, posso me comportar de um jeito mais prosaico.

— Mas o que fará se eu tiver um marido?

— De imediato, me tornarei romântico!

— Como seria bom ter um marido.

Taeko olhou para a janela do sexto andar.

O apartamento estava às escuras, mas não significava que Senkichi não estivesse ali. Como acontecia algumas vezes, ele poderia estar deitado ouvindo discos, envolto pela penumbra. E mesmo quando havia luz, não significava necessariamente que ele estaria presente. Já houvera caso de ele voltar uma vez e novamente sair, deixando as luzes acesas.

Nesse momento, Taeko tomou uma decisão inesperada.

"Digam o que disserem, ali é o meu apartamento. Não há nada de mau em usá-lo como me aprouver."

Ela virou o rosto na direção do político de um jeito sem sentido, como faria uma mulher olhando de relance na penumbra seu reflexo em um espelho de mão.

— Bem, seja como for, quer subir? — convidou ela.

Com voz impassível, ele lhe respondeu com concisão:

— Claro.

Taeko queria que Senkichi estivesse ali. Teve a impressão de que ela se salvaria para sempre da depravação se ele estivesse em meio à penumbra daquela janela do sexto andar, como um símbolo de pureza estranho e forte.

E se ele não estivesse? Sendo assim, Senkichi seria o culpado pelo que pudesse acontecer. Ela poderia tomar emprestado o telefone interno no escritório do zelador e ligar para o apartamento, mas decidiu apostar e, se adiantando, caminhou a passos firmes até o elevador automático.

Dentro do elevador, eram apenas o político e ela. Ele a abraçou carinhosamente por trás. Ela se sentiu enlaçada pelo Grande Buda. Segundo andar... Terceiro andar... Quinto andar. As mudanças nas lâmpadas vermelhas eram terrivelmente lentas, e ela sentiu o elevador demorar uma eternidade para chegar ao sexto andar. Na verdade, desejava que não chegasse.

43

Quando entrou no apartamento e acendeu a luz, ela se decepcionou ao constatar que o rapaz não estava em parte alguma. Sentiu-se a mulher mais infeliz da face da Terra. Deixou os cômodos ainda mais iluminados do que de costume, uma luminosidade que escarnecia dela.

— Bebe algo?

Taeko ofereceu bebida ao homem que a contragosto convidara para seu apartamento e foi buscar a garrafa de bebida ocidental. Aproveitou para dar uma olhada no dormitório, acendeu as luzes, mas sentiu o coração apertado ao constatar que também ali não havia sinal de Senkichi. Teve vontade de procurar por toda parte, até dentro do armário e da cristaleira, como num jogo de esconde-esconde.

Mesmo com a presença do político, Taeko estava nervosa, num misto de inquietude e expectativa de que Senkichi pudesse retornar a qualquer momento. Sentia que, se ele voltasse, ela estaria salva. Desejava que ele voltasse e imprecasse com firmeza a sua culpa. Seus sentimentos eram completamente irracionais. Ser salva? Culpa? Quem a visse decerto riria dela.

A mão do político tocou seu ombro.

"Se Sen-chan entrar agora, não serei seduzida mais do que isso."

A mão do político tocou seu seio.

"Se Sen-chan chegar agora, não deixarei esse homem ir adiante."

O político a beijou longamente.

"Se Sen-chan aparecer, empurro esse homem e me levanto."

Assim, as possibilidades de uma decisão foram se sucedendo. Era como se encenasse um jogo amoroso com outro homem diante dos olhos de Senkichi. Tudo o que ansiava era saber até onde deveria ir para que o rapaz demonstrasse "verdadeira" ira.

Por esse motivo, Taeko estava perdendo a consciência. Ela encarnara na silhueta de Senkichi, ou seja, partira para se divertir em algum outro lugar. Do ponto de vista de qualquer homem, Taeko seria vista como uma mulher fácil de ser seduzida.

Ela estava a ponto de cometer traição no sentido real. Como o rapaz não lhe saía da cabeça, a ausência dele lhe era realmente nítida. Por isso, não precisava comparar os lábios do político aos do rapaz ou forçosamente sonhar com os beijos de Senkichi ao beijar o político.

E ainda havia o fato de o político ser um homem bonito. Ele estava farto das gueixas e mulheres de bares, e aparentemente apreendia em Taeko um maravilhoso frescor. Ela não se sentia confiante, até mesmo devido à idade, ao se comparar às profissionais hábeis em maquiagem e outras técnicas, mas não era desagradável ser vista com tal frescor. Ela queria que Senkichi ouvisse cada palavra de elogio a seu corpo que recebera do homem.

44

A noite seguinte.
Deitada com Senkichi, ela lhe disse com naturalidade:
— Ontem, eu te traí.
Nesse instante, pelas palpitações no peito nu do rapaz, Taeko sentiu que ele se esforçava de forma obstinada para não expressar sua ira. Disse-o com as pontas dos dedos delicadamente sobre o local do coração, como se fosse um polígrafo.
Nesse momento, ela sabia que, para salvar as aparências, ele jamais demonstraria raiva. O que ela mais temia era que, por uma questão de etiqueta, paradoxalmente ele afetasse irritação.
A situação não estava ruim a esse ponto. Taeko estava satisfeita com a palpitação de raiva instantaneamente demonstrada pelo rapaz. Mesmo ele não era capaz de mentir até no coração.
— Não está zangado?
Ela perguntou calmamente, com confiança.
— Não me zango. Foi esse o trato.
— Sim. Foi o compromisso que eu sugeri. Mas e no seu caso?
— Não vou dizer. Você ficará furiosa.
Nesse momento, os batimentos cardíacos de Senkichi estavam admiravelmente serenos.
— Que presunçoso.
— Sempre fui.
— Isso é gentileza ou crueldade?
Embora julgasse a pergunta ridícula, se ela soubesse a resposta não teria desde o início se apaixonado por ele.
— Deixe para lá.
Ela percebeu que avançar além disso a machucaria inutilmente.

— Então vamos respeitar nosso trato. Vamos apresentar um ao outro, abertamente, nossos parceiros. Façamos isso. Com certeza iremos nos sentir melhor depois.

Estas últimas palavras foram ditas a si própria, mas Senkichi implicou com elas.

— De que forma "iremos nos sentir melhor"?

— Por causa do mal-estar que sempre fica entre nós.

— Não há nenhum mal-estar. Você inventa tudo por puro capricho.

Seria falacioso afirmar que Senkichi não dava importância às noites em que os dois passavam juntos. Nos últimos tempos, ele se dedicava assiduamente aos estudos, e Taeko chegava a ficar desapontada vendo o empenho estudantil dele. Ele tinha complexo de inferioridade em relação à sua capacidade de conversação em inglês e comprou vários livros introdutórios usando Taeko como parceira para treinar.

— Esse seu som de R é bem japonês! Desse jeito, vira um L. O sentido muda — disse ela francamente.

— *I am terribly sorry to have kept you waiting.*[1]

— Falta entonação na sua pronúncia. Mesmo em japonês, se enfatiza esse "terrivelmente", não? Pronuncie o *terribly* com um pouco mais de exagero, de um jeito meio afetado.

— *Teeerribly.*

— Isso, continue assim.

— *I am teeerribly sorry...*

— Melhorou. Alguém que deixa os outros esperando como você fará sucesso quando conseguir dizer isso com perfeição. Se bem que nunca ouvi você se desculpar nem mesmo em japonês por ter feito alguém esperar.

— Hum, depende de quem deixei esperando.

---

1. "Sinto terrivelmente por tê-la feito esperar." Em inglês no original. [N.T.]

— Malvado — disse ela aplicando um beliscão nos lábios de Senkichi.

Ele sabia que alguns rapazes do Jacinto se tornaram fluentes em inglês por viver rodeados de estrangeiros. Não que ele não tivesse tido oportunidades, mas era nacionalista nesse sentido e, na maioria das vezes que se relacionava com um estrangeiro, mostrava arrogância e mantinha-se calado. Assim, apenas aprendeu como ler um menu, como se comportar à mesa e outras superficialidades.

Ao terminar os estudos, ele costumava tomar um drinque antes de deitar. Nos últimos tempos, Taeko se tornara muito cautelosa e não perdoaria nem mesmo uma mínima atitude perfunctória de Senkichi, mas na prática ele sempre agia com naturalidade.

Taeko se convencera de que o sexo era agora, a rigor, o único elo existente entre os dois, mas na realidade seria mais correto pensar que um vínculo humano mais brando surgira, ainda que com os dois se machucando mutuamente. Senkichi, carnal ao extremo, o intuía fisicamente e, aliviado, aninhava com inocência o rosto no peito dela. Era uma inocência nova, fortalecida desde a estranha angústia que o consumira em Atami.

— É mesmo mais agradável fazer amor com alguém que se conhece bem.

Soltando pilhérias vulgares como essa, ele se divertia depois com os momentos de serenidade e, como baixava a guarda, era Taeko quem acabava ficando desapontada.

Ela era tensa em excesso e tinha como temperamento se deixar cativar facilmente por palavras como "paixão". Nesse ponto, Senkichi era diferente. Nos olhos vagos do rapaz, só existia o agora, a sinceridade do momento presente, e ela se via obrigada a reconhecer essa limitada sinceridade. Assim, durante alguns dias, os dois tiveram momentos de indescritível descanso pacífico.

Em meio a uma indolente agradabilidade, os dois ficavam nus lado a lado, seus corpos já completamente conhecidos um do outro, na perfeita situação de saber qual a expressão no rosto do parceiro mesmo sem vê-lo.

Era ela, em geral, quem dizia palavras duras ou iniciava uma discussão sabendo que em semelhante atmosfera as emoções não se transformariam fatalmente em crise.

Os dedos de ambos se entrelaçavam, faziam diabruras entre si, mas, como cada um conhecia as regras do outro, sabiam bem onde o fogo ardia e onde extinguia. Eram ambos como engenheiros elétricos manuseando um painel de controle de distribuição.

Desde que Taeko tivera a aventura com o político, reconfirmou em seu coração que as atitudes de Senkichi em relação a ela não haviam mudado e se admirava da gentileza cruel para que não se sentisse culpada. Ambos eram cientes de que deviam aceitar francamente essa atitude como uma gentileza, caso contrário tudo desmoronaria.

E os dois não desejavam que tudo desmoronasse, apesar da covardia, das hipocrisias e das mentiras.

Assim como estava, o relacionamento poderia continuar por uma centena de anos. Os dois sentiam tacitamente que uma misteriosa argila os unia. Porém, nessa relação já não existia nenhum fragmento de romantismo, e havia nessa paz uma indescritível autodepravação.

Embora cientes de que seria melhor deixar as coisas da forma como estavam, cada qual estava pronto para a destruição. Mesmo que nem tudo se arruinasse, desejavam pelo menos uma destruição parcial. Caso contrário, acabariam asfixiados pela incompreensível liberdade.

45

Taeko acabou perdendo a oportunidade de se afastar de Tóquio em agosto, mas era frequente Senkichi avisar ter sido convidado para a casa de campo de amigos, arrumar precipitadamente a mala e, dois ou três dias depois, retornar bastante bronzeado. Como de costume, não informava para onde ia, mas, fosse Taeko sua mãe, decerto ela se alegraria com o aspecto saudável dele ao voltar dessas viagens.

— Para alguém que gosta tanto das luzes de néon, é estranho viajar com frequência para o mar ou a montanha.

— Mudança de estado de espírito!

— E quando nos divertiremos apresentando um ao outro nossos parceiros?

— Talvez quando terminar o verão.

Depois daquela noite, Taeko só se encontrara uma vez com o atarefado político. Nesse curto espaço de tempo, ele viajara três vezes ao exterior, e corria o rumor de que, com duas ou três amantes, não vivia ocupado apenas em sua vida pública.

Mesmo ouvindo as fofocas, Taeko não sentiu nada de especial. O político nunca mostrara diante dela, nem de relance, a pose ao estilo antigo de que "manter amantes é a função do homem". A atitude dele era sempre a de um refinado *ami*.[2]

Além disso, apesar de se exprimir do jeito exagerado dos ocidentais, ele era bastante comum nas relações carnais. Encontraram-se duas vezes e depois deixaram para trás os vínculos físicos. Ele a presenteou, com real despreocupação, com um frasco de trinta mililitros do perfume Joy de Jean Patou, que

---

2. Amigo. Em francês no original. [N.T.]

trouxe de uma viagem à França, e ela sabia que mesmo nesse país o regalo não teria custado menos de trinta dólares.

Pela primeira vez, ela conhecia um homem, mestre em adulações, irradiando vigor masculino e que, longe de ser um playboy, era trabalhador e do tipo comum nas relações carnais. Considerando que não provocava nenhum estresse emocional em Taeko, ele poderia realmente, nesse caso, ser considerado uma dádiva divina.

— No Museu do Louvre de Paris, mudaram os quadros de Watteau e outros de estilo rococó para outra parede. Foram dispostos com muito mais destaque em comparação a antes. As exibições no Louvre se modernizaram demais!

Nas conversas do político, havia a afetação de se passar por um homem culto, mas, à parte esse aspecto, era um desses raros homens despojados de qualquer pedantismo.

Contudo, quanto mais pensava, mais Taeko se dava conta de que fora escolhida como "amiga do peito", culturalmente falando, e a simplicidade nas relações carnais talvez se devesse a tê-la escolhido desde o início com essa finalidade. Segundo ele, eram raras as oportunidades de se encontrar com mulheres cultivadas, e desde que conhecera Nobuko, uma das Damas do Parque Toshima, teve pela primeira vez a chance de entrar em contato com o tipo de mulher que o atraía. Porém, certa vez ele deixou escapar que faltava a Nobuko o charme feminino necessário para se tornar sua parceira. Taeko não se sentiu mal com isso.

Com o término do verão, as pessoas retornavam à cidade, e Taeko se via assoberbada de trabalho.

Em sua mente, a promessa peremptória de não causar incômodo a Senkichi e a proposta e o compromisso de se apresentarem o "outro parceiro" de ambos foram, pouco a pouco, tomando proporções dramáticas. Seria de bom senso (neste caso seria estranho usar a expressão "bom senso") e recomendável que procedessem a essa apresentação de forma bem natural, sem exageros. Seria refinado que o encontro ocorresse como que por acaso, em qualquer esquina da cidade, e Senkichi pudesse observar o homem de Taeko, e ela, a mulher dele. No entanto, os dias passavam, e o plano aos poucos se tornou artificial e complexo. Também por causa da expectativa criada por Senkichi de que seria melhor o encontro ocorrer quando terminasse o verão, as coisas pareciam caminhar inevitavelmente para uma decisão de último momento.

O político se chamava Toshinobu Taira. Como o nome o fazia lembrar desagradavelmente a campanha eleitoral, pediu a Taeko que o chamasse apenas de "Toshi". "Ah, se não é o Toshi", dizia ela em tom familiar quando ele telefonava, como se estivesse se dirigindo a qualquer jovem dos arredores.

Talvez ele tivesse permitido ser chamado assim por reconhecê-la ainda com dignidade suficiente para prescindir de cerimônia no caso de ele se tornar primeiro-ministro. De qualquer forma, se ele pediu para chamá-lo assim, era na realidade um tipo de autorização, e ela conhecia bem os mecanismos psicológicos de homens poderosos como ele.

Um dia, ela recebeu uma ligação de Toshi.

— Estarei livre depois de amanhã à noite. Que tal jantarmos?

— Claro, será ótimo.

Depois disso, Taeko, com a voz agradavelmente seca, num tom que denotava que tudo poderia acabar em travessuras levianas, acrescentou:

— Você não pode convidar também meu marido?

— Devagar, como assim, o que significa isso?

— Eu e meu marido fizemos um trato de apresentarmos nossos amantes um ao outro, abertamente.

— Interessante, mas, perdoe-me a indiscrição, quem é afinal esse marido?

— Pode estar certo de que não é um cachorro! É um ser humano!

— Obviamente é um ser humano, mas que idade tem? Qual a ocupação dele?

— Não direi nada até lá. Será uma surpresa.

— Mas será um transtorno se ele for um político como eu.

— E você se preocupa com isso, meu caro?

— Como disse diversas vezes, em geral não me preocupo.

— Sendo assim, qual o problema? Não há motivo para se inquietar em relação à profissão dele. Pelo menos, ele não é político.

— Digo político num sentido mais amplo, englobando os da velha e da jovem geração. Se é jovem, pode pertencer à União Nacional Estudantil.

— Como?! — soltou Taeko uma exclamação de espanto.

— O que você quer dizer com "como"?

— Você é insidioso. Investigou meticulosamente e se faz de sonso.

— Mas ainda desconheço se Senkichi é membro ou não da União Nacional Estudantil.

— Não importa. Seja generoso e convide aquele menino levado e a mulher que o acompanhará. Estou muito interessada em conhecê-la.

— Que trabalheira. Qual o meu papel nessa história? Protagonista? Bufão? Inimigo? Não entendo aonde você quer chegar, mas isso também é interessante. Bem, depois de amanhã, às seis horas, no restaurante Kotobuki de Shimbashi. Farei reserva de uma sala privada para quatro.

46

O Kotobuki era um luxuoso restaurante de comida típica japonesa cuja matriz ficava em Kyoto. Era famoso pela deliciosa e requintada culinária, e, por ser um estabelecimento altamente respeitado, não permitia a entrada de gueixas.

Embora o encontro estivesse marcado para as seis horas, todos estavam atrasados, algo raro nesse tipo de compromisso.

Taeko chegou meia hora atrasada; o político, que participara da reunião de uma comissão, chegou quarenta e cinco minutos depois. Os dois beberam até as sete, mas, como não havia sinal de que Senkichi e a mulher apareceriam, aos poucos o político começou a desconfiar.

— Ou eles nos deixaram a ver navios, ou fui ludibriado por você, Taeko.

— Se fosse para ludibriá-lo, eu não empregaria um método tão vulgar. Eles ainda devem chegar. O homem lá de casa é sempre assim. Eu já imaginava que isso pudesse acontecer.

— Não me agrada esse seu jeito zombeteiro, em tom de galhofa, ao dizer *o homem lá de casa*. Não é de Senkichi que você zomba, mas de si própria. Se está apaixonada por ele, demonstre-o nas suas palavras.

— Já não estamos nessa fase de paixão.

Enquanto falava, Taeko se deu conta de que ela considerava Taira apenas um conselheiro sentimental.

— Quer dizer, é só uma disputa de egos?

Toshi tinha como temperamento manter o tom cortês nas palavras com as mulheres com quem se deitara uma ou duas vezes.

— Segundo minha investigação, vocês dois mantêm uma relação de concubinato. Essa palavra "concubinato" é animalesca e um pouco suja, não? Creio que você não reconhece seu relacionamento dessa forma.

— Mas é uma palavra nostálgica para mim. Na época em que a sociedade não nos aceitava e apenas aproximávamos e esquentávamos nossos corpos um contra o outro, certamente vivíamos em "concubinato". Porém, agora nosso relacionamento se tornou abstrato e, embora tenhamos ficado mais íntimos, poderia ser chamado em termos científicos de "simbiose".

— Eis uma boa palavra, simbiose — disse Taira rindo. — Bem, considerando o meu interesse, você fica mais linda quando está insegura como agora. Como político, é uma honra e sou muito grato a você por me usar como arma para seu contragolpe.

— Você consegue falar com naturalidade algo que se fosse dito por qualquer outra pessoa soaria desagradável. Toshi, você é um homem de verdade. Estou cansada desses falsos sedutores.

Justo quando a conversa se desenvolvia assim, sem muita animação, a funcionária do restaurante veio anunciar a chegada dos outros convidados.

Senkichi surgiu de trás de um anteparo ao estilo da corte da dinastia Heian trajando um terno impecável, próprio para uso à noite, e se ajoelhou no tatame.

— E sua amiga? — indagou Taeko.

— Eu a fiz esperar no corredor.

— Deixe de cerimônias e a traga de uma vez.

— Está tudo bem? De verdade?

— Não importa se está bem ou mal!

Senkichi foi chamá-la. Para espanto de Taeko, quem apareceu do lado do anteparo de tons degradês lilases trajando um vestido roxo foi Satoko Muromachi.

— Ah, você... Mas apenas dois ou três dias atrás, nós...

Taeko não conseguiu continuar. No verão, Satoko Muromachi começou a encomendar vestidos com frequência para rivalizar com a mãe, e dois ou três dias antes fora até a butique de Taeko para uma prova. O vestido que ela trajava era também uma criação de Taeko.

Hideko Muromachi, a esposa do presidente da empresa têxtil, se tornou cliente de Taeko desde que se encontraram na recepção na Embaixada de L**, mas a filha, Satoko, e Senkichi se conheceram no desfile de moda de Saint Laurent. Desde então, Taeko não imaginou nenhuma relação entre a moça e o rapaz, o que pode ser descrito como total parvoíce.

Satoko aparecera na butique inúmeras vezes acompanhando a mãe. Lindamente bronzeada, ia e vinha entre a casa de veraneio e Tóquio. As roupas que sucessivamente encomendou, para usar na praia ou em passeios no campo, eram todas por causa de Senkichi. Taeko não podia censurar nem o rapaz nem Satoko por não terem dito uma palavra sequer, mas devia ter descoberto mais cedo, tendo em vista os indícios, a série de fatos como o bronzeado de Senkichi e o de Satoko, ou as saídas do rapaz no verão, logo ele que detestava tanto viajar. O bronzeado de ambos era como o de frutos amadurecidos em segredo piscando discretamente um para o outro, sem dúvida diferente do bronzeado dos outros banhistas. E pensar que até agora ela não percebera!

Taeko tremia de raiva, mas era em momentos como aquele que sentia que só perderia se demonstrasse tristemente seu sentimento de derrota, então disse em voz alta:

— Que surpresa. Mas como vocês se conheceram? É um verdadeiro mistério.

— No desfile de moda de Saint Laurent! Combinamos de nos encontrar dois ou três dias depois. Nada de tão espantoso — esclareceu Satoko calmamente.

Há de fato um ponto cego no ciúme.

A grande borboleta sempre esvoaçando diante dos olhos não é enigmática, enquanto a pequena mariposa à sombra de uma árvore distante desperta suspeita.

Sem vacilar diante de Taira, que via pela primeira vez, Satoko explicou com graciosidade, como se estivesse influenciada pela simpatia de Taeko:

— Pensando bem agora, eu tinha ciúme de você, Taeko. Desde que os vi pela primeira vez no desfile de moda, me fascinou a relação de extrema intimidade entre uma tia e seu sobrinho. Além disso, Senkichi só me dizia malvadezas desde que me viu pela primeira vez... Sem saber o motivo, comecei a ter vontade de conhecer um pouco mais sobre o doce, travesso e romântico vínculo de vocês. Por isso, em meio à multidão ao final do desfile, eu o convidei para nos encontrarmos no dia seguinte às cinco da tarde no saguão daquele hotel. Sen-chan arregalou os olhos... Foi isso. E este é o seu namorado? Que senhor encantador.

Taeko e Taira apenas observavam, atarantados, o rosto de Satoko. Por sua vez, Senkichi exibia o sorriso frio e satisfeito do prestidigitador que conseguiu ludibriar sua audiência com um grande passe de mágica.

"Mas o que é isso, afinal? Parece o último ato de uma comédia italiana", pensou Taeko enquanto bebia seu saquê e examinava incessantemente o jovem casal.

Até aquele momento, ela fora imprudente, mas com os dois em carne e osso diante dos olhos, seu senso de observação, treinado ao longo de muitos anos, devia entrar em ação.

Ainda que fosse atrevida e determinada, Satoko era uma moça de família; teria acreditado mesmo que Senkichi era sobrinho de Taeko? Supondo que fossem tia e sobrinho de verdade, era possível compreender o enternecimento da moça pelo carinho que viu entre os dois e que se sentisse cada vez mais atraída pelas travessuras e pela frieza de Senkichi quando o conheceu. Mas por que, desde então, a senhora Muromachi nunca pronunciou o nome de Senkichi para Taeko? Se o rapaz fora convidado para a casa de veraneio, certamente se encontrou inúmeras vezes com a mãe de Satoko. Mesmo imaginando que continuasse uma relação ambígua e misteriosa com Satoko, era estranho que a mãe, a filha e Senkichi tivessem criado uma aliança para manter o segredo bem guardado até o momento.

A questão era saber até onde chegara a relação dos dois. Enquanto Senkichi e Satoko conversavam, Taeko aproveitou para cochichar alegremente ao pé do ouvido de Taira.

— O que você acha? Será que os dois já se deitaram juntos?

— Você parece preocupada, não?

Taira contraiu os olhos. Ele saboreava a estranha, séria e sacrílega atmosfera do jantar.

E como, afinal, não era possível continuar sussurrando em meio à claridade de um restaurante japonês, Taira começou a falar em voz alta.

— Em relação à sua pergunta, se analisarmos pela ótica da sensibilidade antiga, podemos reconhecer que não há uma relação entre eles. Porém, como seria de uma perspectiva atual? Por exemplo, se tomarmos por base o nosso relacionamento, como ele seria encarado sob o prisma de uma sensibilidade moderna?

— Que homem detestável. Não foi isso que perguntei.

— De uma ótica moderna... — interveio Senkichi em tom alegre, mas com uma frieza flutuando nos olhos — vocês não passam de carcaças ambulantes.

— Eu esperava por algo assim. Veja, Taeko, é evidente que ele é membro da União Nacional Estudantil.

Apesar de impassível, Taira não escondia estar se divertindo.

Com Taira ao seu lado, Taeko via as coisas mais objetivamente e tratava os dois jovens como se fossem crianças. Ele servia de esteio para suas atitudes.

A situação que se desenrolava diante dos olhos de Taeko era triste e caótica, mas ela pensou que até aquele momento nunca tivera uma coragem tão visível. Ela servia bebida a Senkichi, que logo se embebedou.

De tão bêbado, tirou do bolso dois dados.

— Vamos. Aproximem-se, senhoras e senhores! Quais casais se formarão esta noite? Novos casais e velhos casais? Não, um casal ainda mais novo? Bem, escolham seus números. As mulheres ficam com os números vermelhos, os homens, com os pretos. Quer dizer, mulheres ficam com números pares, homens, com ímpares. Combinado, senhor Taira?

— Quero sempre ser o *number one*. Ou seja, o número um.

— Sendo assim, escolho o cinco.

— Eu, o quatro — disse Taeko.

— Eu, o seis — foi a vez de Satoko dizer.

Senkichi deu início a esse entretenimento próprio de um barman, e Taeko começou a se questionar até onde ele teria revelado seu passado a Satoko. Ele sacudiu diversas vezes os dados, mas o número quatro vermelho e o número um preto, ou o seis vermelho e o cinco preto, não saíam.

— Desta vez, vai.

Depois de se concentrar um instante, ele lançou os dados sobre a mesa, mas só saíram o um e o cinco pretos.

— Olha só. De nada adianta dois homens juntos.

Quando Taeko falou, instintivamente Senkichi lhe dirigiu um olhar intenso e, às pressas, lançou de novo os dados. Percebendo isso, sentiu-se confiante. "Com certeza, ele está escondendo dela sobre o Jacinto", pensou.

— Pare com isso!

Satoko agarrou os dados com ambas as mãos, como se apanhasse joaninhas, dando fim à brincadeira.

Trouxeram um cesto do tipo usado para colocar insetos contendo os últimos tira-gostos da noite, próprios da estação outonal. Ao abri-lo, Taeko viu bolinhos de arroz, comuns na celebração da lua cheia, e outros, pequenos, no formato das sete ervas do outono.

— Toshi, você poderia me colocar dentro de um cesto como este?

— Infelizmente, em geral não é possível criar em cestos um inseto tão esplendoroso quanto uma borboleta...

— Há vários tipos de borboleta, e se trata aqui de uma outonal. Sua hora derradeira é chegada.

Nem a própria Taeko compreendia o motivo de seu lamento afetado.

Apesar de ter dito em tom de brincadeira, Taira, constrangido, se calou.

Nesse momento, Senkichi, com o rosto vermelho da rara embriaguez, suspendeu o braço de Satoko, como faria o árbitro em uma luta de boxe com o lutador vitorioso, e perguntou de súbito:

— Ouça, Taira, não gostaria de ser nosso padrinho de casamento?

No jantar daquela noite, em que tudo fora uma sucessão de chalaças, aquela passou dos limites. Aos olhos de Taeko, a declaração só poderia ser considerada como um abominável pesadelo.

47

Terminado o jantar com jeito de pesadelo, Senkichi e Satoko logo desapareceram. Taeko levou um choque ao ver as silhuetas deles se distanciarem e, na tentativa de se salvar, logo procurou se convencer, pensando: "Dizer que vão se casar é uma brincadeira com o único propósito de me humilhar." Tendo isso em mente, teve vontade de ficar só. Desejava lidar com a brincadeira sozinha e com calma.

Perspicaz, o político percebeu o desejo de Taeko de ficar só e, evitando palavras tediosas de consolo ou qualquer ironia descortês, levou-a despreocupadamente até em casa, dizendo-lhe ao se separarem:

— Se houver algum problema que não consiga solucionar por si própria, me avise. Estarei sempre pronto a ouvir.

Porém, em toda essa atenção exagerada havia, de certa forma, a sensação de que ele se deliciava com a própria elegância.

Ao se ver sozinha, Taeko chorou sem cerimônia.

***

Vários dias depois, ela própria pôde aos poucos compreender exatamente o que se passava, porque a senhora Hideko Muromachi, mãe de Satoko, apareceu na loja e, com naturalidade, a convidou para almoçar.

A senhora Muromachi reservara uma sala privada em um restaurante japonês de um grande hotel em Toranomon e, assim que se sentaram, exaltou a coleção de outono criada por Taeko, da qual usava um dos vestidos.

— Graças a você, recebo elogios de como o meu gosto se apurou. Mas agora é nisso que reside o perigo. Apesar de dever tudo a você, fico com a falsa ilusão de que meu gosto se aprimorou de verdade, e essa autoconfiança pode ser mais perigosa.

— Vamos, não seja tão modesta. Você sempre teve ótimo senso de estilo, e a culpa é das outras butiques que acabaram por anuviá-lo apenas com a intenção de lucro. Não tenho nenhum mérito nisso.

Como de costume, Taeko falou algo perfunctório. Contudo, a milionária e obesa madame, de quem até então ela fazia pouco caso, passava a ser vista como uma grande e sinistra inimiga. Os olhos de Taeko sorriam, mas ela não se esquecia de se manter alerta.

— O serviço deste restaurante é impecável! Quando inauguraram, serviam a comida e a bebida primeiramente aos homens, bem ao estilo japonês. Mas um belo dia, a senhora Miyake, presidente do hotel (você deve conhecê-la, eu presumo), veio comer aqui, se enfureceu e admoestou a todos dizendo que em um hotel como este, que recebe muitos clientes estrangeiros, deveriam primeiramente servir as damas. Desde então, este deve ser o único restaurante de comida japonesa em toda esta imensa Tóquio que serve bebida às clientes antes dos homens. Eu me sinto tão bem com isso que quando saio para comer com um homem sempre o trago aqui só para surpreendê-lo.

Via-se no rosto da senhora Muromachi, com suas conversas inofensivas e sempre envoltas em afabilidades, que ela confiava em Taeko como "eterna amiga", daquelas a quem consultamos até sobre um antigripal. Taeko sentia o peito fervilhar se questionando sobre o motivo de ela estar se esquivando do assunto mais essencial, que era Senkichi. Depois de Taeko lhe servir outra taça de saquê, finalmente a senhora Muromachi abordou a questão principal.

— Sabe, é sobre o seu sobrinho...

Tudo o que a senhora falou a partir de então foi inusitado.

Logo após o desfile de moda, Senkichi e Satoko começaram a se encontrar, e a moça acabou totalmente apaixonada pelo rapaz. Devido à boa educação que recebeu, qualquer novo amigo homem que conhecesse, Satoko deveria apresentá-lo de imediato aos pais, de forma que, após dois ou três encontros, ela convidou Senkichi para ir à sua casa.

A senhora Muromachi jamais esquecerá a dramaticidade dessa noite.

Eis o que ela contou.

48

O presidente Muromachi tinha como hábito jantar com a família nas noites de domingo. Senkichi fora convidado para chegar por volta das nove, após a refeição. O presidente, logicamente, fora informado de que o jovem sobrinho de Taeko, novo amigo de Satoko, viria conhecê-lo.

O rapaz chegou às nove em ponto, trajado de forma impecável.

A casa dos Muromachis ficava no alto de uma colina, de onde se descortinava abaixo o rio Tamagawa. Qualquer saguão de hotel não chegaria aos pés do salão em que todos descansavam após as refeições, com vista para um espaçoso jardim gramado. Sem nenhuma preferência em particular, o senhor Muromachi deixara tudo nas mãos dos arquitetos, e, apesar de os materiais e o design serem os mais modernos, era difícil sentir em algum lugar ali o peso da vida cotidiana, parecendo tudo um pouco superficial. Fora essa a impressão de Taeko ao visitar o local.

Depois de algumas conversas amenas, o senhor Muromachi naturalmente perguntou:

— Você frequenta qual universidade?

Senkichi respondeu, mas o nome da universidade particular onde ele estudava pareceu não agradar ao senhor Muromachi. A esposa interveio:

— No ano passado, ela venceu o campeonato de beisebol das seis grandes universidades, não?

Porém, sua observação só serviu para a conversa tomar um rumo estranho.

— Você pratica beisebol?

— Não.
— Algum esporte?
— Pratiquei um pouco de boxe no passado.
— Ah, boxe.
O senhor Muromachi voltou a fitar o rosto de Senkichi. Talvez cauteloso em relação à musculatura dos braços do rapaz, uma coisa era certa: boxe era um esporte que não lhe agradava.
Dessa forma, a atmosfera se tornou cada vez mais opressiva.
Nesse momento, Senkichi se levantou de súbito da cadeira e deu início a um discurso eloquente. Ele estava um pouco pálido, e o senhor Muromachi, temendo que o impetuoso rapaz pudesse lhe aplicar de repente um *uppercut*, se enrijeceu na poltrona olhando de relance para a porta que serviria de rota de fuga.
— Parece que ninguém simpatiza muito comigo...
— Não simpatizar com você? De jeito algum...
O senhor Muromachi agitou as mãos precipitadamente, e Satoko puxou o casaco de Senkichi, mas não foi capaz de evitar o desenrolar da situação.
— Então me permita explicar. Falando claramente, não partiu de mim o pedido para que sua filha se relacionasse comigo. Porém, me sinto mal por ter me relacionado com ela até agora fingindo ser quem não sou. Vou deixar tudo claro esta noite. Além disso, se puderem me aceitar da maneira que sou, gostaria de continuar o relacionamento. Digo isso a Satoko.

***

— Meu coração disparou, e eu não conseguia olhar para os rostos de meu esposo e minha filha, muito menos para o do rapaz. Afinal, era como se um vulcão tivesse entrado em erupção diante dos meus olhos. Mas naquele momento não havia em lugar algum alguém tão viril, patético e de ar esplendoroso como ele. Eu estava completamente dominada e impressionada.

Afinal, é preciso muita coragem para desabafar tudo na frente de todo mundo sem contar nenhuma mentira. Entende? Veja, ele disse tudo, até coisas que, por vergonha, niguém falaria!

— Tudo mesmo? — replicou Taeko, e havia certa comoção em sua reação.

Se Senkichi tivesse revelado *tudo mesmo*, se tivesse decidido expor até coisas vexatórias, sua coragem nessa hora deve ter sido de uma pureza assustadora. Não era necessariamente puro amor por Satoko, mas ele não suportara mais a hipocrisia dentro de si e a que o envolvia. Como deve ter sido esplêndido o instante em que ele, num único golpe, abandonou todas as vaidades!

As portas corrediças da exígua sala onde Taeko e a senhora Muromachi permaneciam sentadas estavam abertas, e via-se um casal de estrangeiros atravessando, com ar soberbo, o jardim externo. Um casal de japoneses de meia-idade e de aparência miserável vagava atrás deles enquanto trocava entre si sorrisos carinhosos. Taeko sonhou com a silhueta solitária de Senkichi voando alto e muito distante desse mundo de hipocrisias.

"Tudo mesmo!", pensou Taeko. "Sendo assim, ele se tornara a partir de então um homem totalmente livre, totalmente liberto."

— E o discurso que ele fez então… — A senhora Muromachi continuou o relato.

***

— Na realidade, não sou sobrinho da senhora Taeko. Para ser sincero, nós dois vivemos juntos.

— Bem que eu desconfiava de algo do tipo! — exclamou a senhora Muromachi, e o marido, ao seu lado, lhe dirigiu um olhar penetrante.

O senhor Muromachi, que acreditava na pureza e na inocência da filha, ficou tão enfurecido que estava disposto a usar da força policial para expulsar quanto antes o rapaz de sua casa. E firmemente decidido a banir em definitivo a entrada de Taeko em sua residência. Mesmo assim, ficou curioso para saber o que o rapaz tinha a dizer.

— Sou filho do proprietário de uma fábrica insignificante. Meu pai faliu e não tinha condições de custear meus estudos. Meus pais e minha irmã se mudaram para o interior de Chiba, e, desde então, decidi cortar relações com minha família e me sustentar por conta própria. Fazia bicos e frequentava a universidade. Numa casa de chá onde trabalhava, conheci uma amiga de Taeko que me apresentou a ela e acabei me tornando seu protegido. Ela é minha benfeitora, e é doloroso para mim me relacionar dessa forma com Satoko. Conhecendo sua filha, compreendi pela primeira vez como é lindo o amor sem vínculos a dívidas de gratidão. Diante da pureza dela, não passo de um ser asqueroso e sem valor. Frequento com seriedade a universidade, mas continuo a ser bancado por uma mulher. Não toquei em um dedo sequer de sua filha, posso jurar. Se me mandarem partir depois de revelar tudo esta noite, bravamente irei embora de imediato e não causarei a vocês mais transtornos. Porém, eu... — A voz de Senkichi embargou. — Porém, eu, quanto mais me apaixonava por Satoko, mais me sentia mal por minha dissimulação. Precisava a todo custo mostrar meu verdadeiro eu. Peço a vocês apenas que compreendam meus sentimentos.

Ao terminar de falar, Senkichi permaneceu sentado na cadeira, cabisbaixo.

***

Taeko se esforçou bastante para manter a presença de espírito enquanto ouvia o relato da senhora Muromachi. Porém, identificou nele diversos pontos dúbios. Ela se enfureceu ao se ver convertida por Senkichi em uma benfeitora e o amor existente entre eles ter sido omitido. E achava realmente insultante expressar diante dos pais várias vezes a "pureza" da libertina Satoko.

    Se não bastasse, Taeko percebeu algo que a surpreendeu. O rapaz disse trabalhar "numa casa de chá". Em nenhum momento se referiu a "bar gay".

49

A senhora Muromachi prosseguiu com o relato.

Ao ouvir a confissão de Senkichi, de início o senhor Muromachi se enfureceu, mas, ao chegar ao final, entrecortado pela voz chorosa do rapaz e vendo também a esposa e a filha debulhadas em lágrimas, aparentemente seu estado de espírito foi aos poucos se transfigurando.

Apenas pelas palavras da senhora Muromachi era impossível para Taeko discernir o verdadeiro motivo para tal mudança, mas sendo o senhor Muromachi um lindo homem que fora adotado pelos sogros, e a esposa, a filha sem atrativos físicos que herdaria a casa dos pais, algo na confissão de Senkichi deve ter mexido com o coração do homem. Dando asas à imaginação, não teria ele levado, quando jovem, uma vida semelhante à do rapaz?

Além disso, desde que se tornara um homem importante, o senhor Muromachi não tinha oportunidade de ter contato com alguém tão franco e verdadeiro. É comum a alguém na sua posição social ter olho clínico para distinguir a real essência de pessoas que se mostram presunçosas o tempo todo, mas acabam facilmente fascinadas diante de um interlocutor que destrói os próprios muros e se apresenta desnudo de hipocrisias. Em particular, esse senhor apaixonado pela filha sentira um agradável e indizível choque ao ver o estranho jovem revelar tudo, emocionado, mesmo ciente das consequências, contrapondo a própria feiura moral à "pureza" da filha.

"Deve ser um desses jovens promissores raramente vistos hoje em dia." A senhora Muromachi declarou haver percebido de imediato que o marido começara a refletir sobre isso.

Além disso, como o senhor Muromachi era dotado de uma calma de que muito se ufanava, o discurso com objetivo definido e extremamente exaltado de Senkichi não seria, "pensando bem", a manifestação de uma cândida pretensão à vilania e à autodepreciação comum aos jovens? Ele analisou bem e concluiu que, naquela situação, o melhor a fazer não era ordenar que ele partisse.

Repensando dessa forma, sentiu-se mais aliviado, e toda a situação subitamente se tornou interessante. Percebeu que a ideia de impedir o acesso de Taeko à sua casa fora fruto de uma raiva infantil.

Se o rapaz estava mesmo respeitando de tal forma a "pureza" de Satoko, pelo menos não havia um perigo iminente, e, se a filha também o amava muito, decerto tentar destruir a relação dos dois de qualquer maneira seria contraproducente. Analisaria por um tempo com atenção a situação. Seria ótimo, caso a filha se cansasse de tudo. Antes de mais nada, o rapaz tinha uma aparência simpática, confiável, agradável às mulheres.

— Bem, o problema... — começou finalmente a dizer o senhor Muromachi — é saber a opinião de Satoko sobre o que Senkichi disse agora e se desejará se relacionar com ele mesmo sabendo sobre Taeko.

— Isso não me causou surpresa — afirmou Satoko erguendo o rosto, num tom resoluto, para espanto do pai. — Desde o início, pressentia haver algo. Ninguém acreditaria que ela fosse realmente tia dele. Quero, a qualquer custo, ajudá-lo a resolver essa situação. Desejo com todas as minhas forças purificá-lo. Isso levará tempo. Mas vocês verão. Com certeza, ele está agora pondo a limpo seu passado obscuro. Pai, peço por favor que você o incentive.

Os olhos do senhor Muromachi encontraram os da esposa que, visivelmente, se espantara ao ver a "filha pura" se pôr no papel de enfermeira. A esposa voltou a reconhecer que, dissimulada na aparência irreverente de Senkichi, havia uma força capaz de fazer as mulheres se sentirem "anjos vestidos de branco".

***

Enquanto ouvia, Taeko se revoltou mais com as palavras presunçosas de Satoko do que com a atitude de Senkichi.

O que significava esse "ajudá-lo a resolver"? O que era aquele "purificá-lo"?

Ela, que desde o início pretendia ajudar o rapaz a sair da lama, de toda maneira não suportava ver seu relacionamento com o rapaz ser tratado como um lamaçal. O local onde Senkichi estava antes de conhecê-la era, este sim, o verdadeiro pântano... Naquele momento, a descoberta feita pouco antes voltou a cruzar de raspão sua mente.

"Sen-chan fingiu ter contado tudo, mas, ainda assim, evitou comentar sobre seu trabalho no bar gay ou que atuava como garoto de programa para homens."

***

Segundo a senhora Muromachi, um aspecto excêntrico do marido era, ao gostar de alguém por algum motivo, se mostrar de uma gentileza ilimitada para com a pessoa.

Naquela noite, conversando com a esposa depois de Senkichi ter partido, ele elogiou a sinceridade do rapaz afirmando o seguinte:

— O garoto tem um futuro promissor. Eu me desespero vendo esses jovens de agora vivendo apenas de aparências, mas a sinceridade e a coragem dele são realmente incomuns. Ele conseguiu dizer coisas que seriam as mais difíceis para um jovem expressar... Do ponto de vista do bom senso geral, o mais comum talvez fosse enxotar de casa rapidamente esse tipo de sujeito, no entanto tenho meus próprios pensamentos a respeito. Em primeiro lugar, poderia dizer a ele: "Se romper o vínculo com Taeko, terá nossa permissão para se relacionar com Satoko", ou algo semelhante. Mas isso poderia forçar um rapaz sincero a mentir desnecessariamente, sem contar que teríamos imposto uma condição para aprovar o relacionamento dele com nossa filha. Será preferível observá-lo com discrição e verificar sua sinceridade. De qualquer forma, tenho um grande interesse por ele.

A partir de então, Senkichi começou a frequentar livremente a casa dos Muromachis e aos poucos foi sendo tratado com carinho pelo pai da moça. Era inusitado que não tivesse repulsa moral por um "homem bancado por uma mulher". Ao se tornarem mais íntimos, ele até caçoou da relação de Senkichi com Taeko.

O senhor Muromachi apreciava conhecer pessoas sinceras. Intuindo isso rapidamente, sempre que estava diante dele, Senkichi se comportava com uma sinceridade que beirava o exagero. Para o senhor Muromachi, o rapaz era um tipo novo e invulgar, uma vez que nenhum homem em sua empresa externaria suas próprias ideias.

À medida que a família se tornava aliada de Senkichi, a senhora Muromachi começou a recear pronunciar o nome dele diante de Taeko. Com a chegada do verão, o marido, pondo vagamente na balança sua reputação de homem sereno na sociedade, começou a considerar que um patife como Senkichi pudesse se tornar seu genro. Por vezes, discutia com o rapaz sobre algum problema relativo à empresa mostrando-lhe alguns materiais e lhe pedia para redigir um relatório sobre o assunto. Ou, enfatizando a necessidade de se conversar em inglês, certa noite estabeleceu como regra que todos falassem apenas inglês em casa. Pensando bem, a paixão pelos estudos de Senkichi começou justamente nessa época.

O senhor Muromachi punha de imediato em prática o que lhe vinha à mente. Certo dia, pegou o carro e foi até Chiba fazer uma visita-surpresa à família do rapaz. Diante dos pais espantados com a aparição inesperada, ele deu notícias de Senkichi e perguntou sobre o temperamento dele antes de deixá-los.

— Ele sempre foi uma criança séria e bondosa — elogiou a mãe. — Quando estava no ensino médio, praticou boxe por um tempo, mas não porque fosse delinquente. Ele estudava com afinco e era muito popular na escola. Protegia os mais fracos, brigava com os valentões. Somos suspeitos em dizer isto por sermos seus pais, mas ele era um menino de família, carinhoso e atencioso. Ao decidir viver por conta própria, evitando nos dar qualquer tipo de preocupação, prometeu voltar para nos ver quando se tornasse um homem bem-sucedido, mas acabou não dando mais notícias. Morro de vontade de revê-lo, mas respeito o sentimento dele e desejo reatar nossos laços familiares quando ele se tornar pela primeira vez um verdadeiro homem de sucesso e pudermos elogiá-lo por ser uma pessoa importante.

Surpreendida com o charme de Senkichi, a senhora Muromachi passou uma noite em claro imaginando as fraquezas desse rapaz tão adorado por todos. Sua real intenção era que a filha entrasse para a família de algum empresário de renome, mas, em sua visão cáustica dos homens, a maioria dos filhos de boas famílias deixava muito a desejar. Depois de muita ponderação, ela traçou um plano bem peculiar em relação ao rapaz.

Seu plano era, depois de encomendar muitas roupas à butique de Taeko, pedir-lhe para adotar Senkichi inscrevendo-o no registro civil da família Asano. Depois disso, receberia o rapaz como genro portando esse ilustre sobrenome ligado à antiga nobreza. Embora fosse uma solução bastante convencional, se Taeko estivesse realmente preocupada com o futuro de Senkichi (uma vez que passara para a sociedade sua relação de tia e sobrinho), não poderia deixar de concordar com a solução.

A senhora Muromachi não foi capaz de transmitir essa conclusão a Taeko, mas, quando chegou a hora da sobremesa, ela a olhou furtivamente e disse o seguinte:

— Diga-me... Seria possível inscrever Sen-chan em seu registro civil como seu filho adotivo?

Aborrecida com tamanho atrevimento, Taeko por pouco não deixou cair a colherzinha do melão sobre os joelhos.

50

Taeko devia estar acostumada ao egoísmo de mulheres como a senhora Muromachi em casos semelhantes.

Trabalhando com alta-costura, um ramo que flerta com a vaidade feminina, ela não deveria mais se espantar com o egocentrismo das clientes ricas.

Em vez disso, mostrar abertamente esse egoísmo, como fez a senhora Muromachi, era ainda mais ingênuo e simpático? Sem se exaltar, ela conseguiu responder:

— E o que você fará? Caso eu me negue? Se disser que não irei abrir mão de Senkichi de jeito nenhum?

— Ora, é claro que não haveria problema! Você é livre! — respondeu com uma rispidez quase elegante. — Sendo assim, tenho outra ideia. Longe de mim desejar sua infelicidade. Porém, Sen-chan deixou claro dia desses que, mesmo vivendo juntos, já não existe mais nada entre vocês.

— É duro para mim admitir, mas nossa relação está numa fase terminal — confessou Taeko como uma criminosa reconhecendo sua culpa.

— Sendo assim, qual o problema? Faça-o feliz.

— Inseri-lo no registro como membro de minha família o deixaria muito feliz?

— Lógico. Afinal, trata-se da ilustre família Asano.

Taeko se lembrou de súbito de ter ouvido recentemente a história de um proprietário bem-sucedido de uma grande casa de *pachinko* cujo desejo fervoroso era que a filha entrasse para uma família da velha nobreza. Ele conseguira realizar seu intento oferecendo um dote generoso. Ela pensou de repente que se um nome antigo e decadente, cujo esplendor ela própria execrava, fosse útil a alguém numa situação tão improvável, então que mal poderia haver? As sandálias que ela descalçara seriam agora recebidas com reverência e agradecimento por Senkichi.

Taeko despediu-se da senhora com palavras evasivas e, ao retornar à butique, sentiu uma dor de cabeça fria e intensa, como se a nuca tivesse sido aberta. Não estava triste nem enfurecida.

Contudo, apesar de por vezes considerar que o fato de Senkichi não ter comentado nada com os Muromachis sobre seu amor por ela era uma forma desesperada de autoproteção e que a louvável encenação esforçada na casa deles não passava de algo gracioso, Taeko lutava contra essa sua generosidade excessiva. Ela se admirava por não sentir ódio dele. Apesar disso, pressentia poder facilmente matá-lo naquele momento.

Entre um cliente e outro, ela espiava através da janela. Os fortes raios de sol outonais inundavam o estreito pátio interno. Sim, o sol outonal brilhava. E não importava o que acontecesse, o mundo, as pessoas e a natureza certamente estariam ali.

Inexistia nela a emoção romântica da traição a um amor intenso. Havia muito os dois já tinham deixado para trás essa fase. A liberdade fora o veneno em toda a relação. Será? Se houvesse amarras, provavelmente a destruição teria ocorrido muito antes.

Taeko, no entanto, não achava de jeito nenhum que Satoko lhe tivesse usurpado seu amor. Ela conhecia bem o pragmatismo de Senkichi que, à sua maneira habitual, apenas poeticamente imaginava buscar a todo custo a ascensão social servindo-se de seu charme físico. Ficara claro pelo relato da senhora Muromachi naquele dia que o rapaz não amava Satoko.

Sem pensar em nada, na verdade com o sentimento árido e sereno, Taeko sentiu se tornar, ao mesmo tempo, um bloco de refinada vilania.

Uma chama invisível se erguia em seu coração, clara como a luz da tarde.

Ela esperou ansiosa a butique fechar ao entardecer. Admirava-se por ter conseguido executar seu trabalho sem cometer falhas graves.

Ao sair da loja, ligou para o Jacinto de um telefone público próximo.

— Teruko está?
— Ainda não chegou.
— Bem, volto a ligar mais tarde.

Parecia o telefonema de um paciente temendo estar com câncer à procura de seu médico para se tranquilizar quanto antes.

Taeko caminhou sozinha pelas ruas de Roppongi. Cruzou com um jovem casal vestindo camisas de cores básicas vibrantes, apesar de ser final de outono, e deu uma espiada na vitrine de um antiquário para clientes ocidentais. Bem ao fundo da loja, sob uma luz tênue, via-se a silhueta de uma família jantando em meio a um biombo rasgado, chaleiras de ferro para chá e uma estátua de madeira da deusa da misericórdia Kannon. O vapor se erguendo indistintamente fazia supor que comiam um cozido de legumes.

Taeko estava só, com frio, mas sem qualquer apetite. Apenas a mente se mantinha lúcida.

Por fim, chegou ao telefone público seguinte.

— Alô, é do Jacinto? Teruko já chegou?
— Sim, chegou.

Taeko se sentiu aliviada a ponto de quase desmoronar ali mesmo.

— Ah, minha querida Taeko, há quanto tempo. Pensei que tivesse se esquecido completamente de mim. E pensar que sua Teruko agonizava solitária em seu dormitório.

— Eu... bem... É um pedido de socorro. Por favor, me ajude.

Teruko logo compreendeu.

— Ah, é mesmo? Entendi. Venha logo. Claro, se não se importar que seja no bar…

— Hum, seria melhor na casa de chá onde nos encontramos da última vez.

51

Estranha armadilha do destino o fato de Taeko sentir vontade de apostar tudo nessa gente se contorcendo no fundo da sociedade. A casa de chá localizada próxima ao Jacinto, na saída oeste da estação Ikebukuro, costumava ser palco de todo tipo de excentricidades, mas alguns clientes não puderam conter o riso ao ver essa dama elegante se aproximar às pressas da mesa na qual uma travesti a aguardava levemente maquiada e trajando um quimono formal com estampas nas abas. Naquele momento, Taeko teve vontade de abraçar Teruko.

— Antes de mais nada, me conte toda a situação! Já posso até imaginar o que seja.

Sob a pressão de Teruko, Taeko fez um resumo do caso, ocultando o nome dos envolvidos.

— Que sujeito horrendo. Trair você que o ama tanto.

Ao ser consolada com essas palavras triviais, pela primeira vez Taeko chegou à beira de cair em prantos. E finalmente compreendeu de uma vez a razão de ser essa travesti a pessoa que ela mais desejava encontrar naquele momento em toda Tóquio. Somente diante de Teruko podia abandonar as aparências sociais e sua índole para com os homens e, mais ainda, mesmo sua interlocutora parecendo feminina, também deixar de lado toda a vaidade existente entre as mulheres.

— Compreendi direitinho. Querida, é uma vergonha para uma mulher se atormentar desse jeito! Recomponha-se. Estou aqui do seu lado… Mas apenas palavras são ineficazes. Veja, há algo que guardei com muito carinho justamente pensando em te entregar quando uma situação dessas acontecesse. Esse trunfo servirá para arruiná-lo por completo. Basta mostrar isso, e aquele sujeito estará arruinado. Vai se ajoelhar aos seus pés, querida.

Teruko tirou de dentro do quimono um envelope de formato ocidental e o pôs sobre a mesa. Taeko naturalmente o pegou, mas, quando fez menção de abri-lo, Teruko segurou sua mão.

— Ouça bem, querida. Há uma condição. O conteúdo do envelope é o elemento decisivo. É único. Dentro dele há inclusive os negativos... Portanto, você deve ponderar bem agora. Se for usar isso para a infelicidade de Sen-chan, eu o ofereço de graça. Mas se você, com seu coração cheio de compaixão, for queimá-lo para a felicidade dele, terá de me pagar quinhentos mil ienes. Então, qual escolhe?

Taeko foi assaltada por uma sombria palpitação ao perceber o significado do conteúdo do envelope. Sentiu que seu orgulho não permitiria que se aproveitasse da bondade de Teruko para receber de graça as fotos e usá-las com um fim maléfico. A quantia mencionada era muito alta, mas, por outro lado, módica, considerando que salvaria o respeito por si própria.

— Você vê através de mim — soltou Taeko um riso forçado. — Tenho mesmo o coração mole! Acabo me preocupando com o futuro dele. Portanto, vou receber as fotos pelos quinhentos mil ienes. Posso efetuar o pagamento amanhã? Trago o dinheiro até aqui sem falta.

Por um tempo, Teruko não respondeu. Seus olhos marejaram, e Taeko viu surgir na sombra dos exagerados cílios postiços uma lágrima que rolou pela face áspera.

— Entendo seu sentimento, querida. É realmente muito bonito. O valor de quinhentos mil ienes era só uma mentirinha minha. Leve isso para casa e queime. Não precisa me pagar nada. Considere um presente sincero pela sua generosidade.

Emocionada com aquela lágrima, Taeko sentiu mais do que nunca, naquele momento, a feiura dos movimentos do seu coração burguês. Teruko havia chorado por se compadecer do sentimento dela. Assim, ela se sentiu como se enganasse sua única amiga. Porém, não tinha palavras para se justificar. Calada, tomou respeitosamente o envelope e o colocou na bolsa.

— Obrigada.

Taeko apôs sua mão na palma da mão descarnada e áspera da jovem. Naquele momento, não havia mentira no carinhoso sentimento de gratidão de Taeko.

— Tudo bem! Fico feliz. Amei muito Sen-chan, desesperadamente... Mas o sujeito é mesmo horrível!

Teruko deixou transparecer num relance uma língua fina de menino brilhando entre os lábios pálidos e levemente maquiados.

52

Quando se encontrava fora, Taeko nunca ligava para casa para confirmar se Senkichi estava ou não. No entanto, imaginou que naquele dia não suportaria voltar para casa e passar a noite toda solitária à espera dele. Telefonou uma vez da casa de chá onde se encontrara com Teruko, mas, com efeito, ele não atendeu.

Taeko aceitou assim o conselho de Teruko de ir se distrair no Jacinto, onde havia tempos ela não aparecia. Antes de saírem, Taeko foi até o toalete retocar a maquiagem. Pensou que, sozinha, poderia verificar com calma as fotos que antes não tivera coragem de olhar.

Diante do espelho excessivamente iluminado do estreito toalete, ela inseriu devagar a unha pintada num canto do envelope.

Seus dedos tremiam. Quando retirou metade da primeira foto, o rosto inconfundível de Senkichi surgiu. Era indubitável se tratar do mesmo rosto que ela se acostumara a ver inúmeras vezes sob a tênue claridade do abajur de pé da sala de casa. Estirado e nu, de costas, a cabeça repousava sobre um travesseiro, as sobrancelhas viris crispando de prazer, os longos cílios enfileirados nos olhos firmemente cerrados, a boca semiaberta. Seu rosto devasso não era apenas o de alguém adormecido. Sua expressão repleta de melancolia e aparente aflição era peculiar ao rapaz em momentos como aquele.

Para uma foto do gênero, dava a impressão de ter sido tirada por um hábil profissional. Viam-se nitidamente os contornos dos músculos do peito suado do rapaz. A metade da foto, que os dedos de Taeko puxaram devagar de dentro do envelope, só revelava a parte superior do corpo nu sobre um lençol alvo.

Com um sentimento cruel, ela puxou a foto inteira ainda mais lentamente. Uma feiosa cabeça calva, como a de um abutre, surgiu de repente em *close-up*...

E uma segunda foto, e uma terceira, todas mostrando o homem calvo cujo rosto não se via, em diversas posições. Senkichi exibia sempre o rosto diretamente, no qual se vislumbrava uma expressão clara. Taeko procurou bem, mas não identificou nas imagens nenhuma adulteração ou truque.

No Jacinto, Taeko observava o balcão no qual Senkichi costumava trabalhar em meio à névoa formada pela fumaça dos cigarros.

O novo barman, um lindo rapaz, atendia as travestis de quimonos, que lhe passavam as comandas, com uma atitude autoconfiante e arrogante, mas Taeko não se interessou nem um pouco por ele.

Aninhada a um canto do camarote, ela ouvia as vozes estridentes das travestis e os risos dos clientes mais despudorados e indecentes do que aqueles dos bares comuns. Nesse momento, compreendeu um pouco melhor as aspirações de Senkichi. Quão longe aquilo estava dos céus límpidos do outono e dos campos refrescantes! Irremediavelmente longe. Ela se pôs na posição do rapaz, tentando espreitar dali um vasto mundo como se usasse um telescópio virado ao contrário. O mundo comum e lindo dos dias parecia minúsculo, longínquo, como o que se vê refletido na superfície de uma bolha de sabão.

— Em que está pensando? — perguntou Teruko, se aproximando.

— Nada em especial.

— A sua Teruko tem muito interesse em saber como você viverá daqui em diante, minha querida.

— Que enxerida! Eu é que me interesso em saber o que vai ser de você.

— Eu viverei aqui para sempre. Amarei um homem e por ele serei abandonada, e isso se repetirá. Por fim, com minhas parcas economias, comprarei os préstimos de algum patife que, de olho no meu dinheiro, me assassinará. Não é uma vida feliz?
— E se você jogasse tudo para o alto e se casasse?
— Você diz casar-me com uma mulher?
— Lógico.
— Que repugnante! Prefiro mil vezes morrer a me deitar com semelhante criatura.

Essa declaração desesperada e alegre de Teruko despertou naquela noite uma certa emoção em Taeko. Essas palavras, de alguém totalmente entrincheirada no inferno, levaram Taeko a refletir em como ela própria era afortunada.

Evitou beber, ciente de que o álcool poria tudo a perder, mas, em um canto lúcido de sua mente, por vezes ressurgiam as fotos de pouco antes. Paradoxalmente, não eram abjetas ou feias. Qualquer mulher que visse fotos do homem amado em semelhantes posições teria ânsia de vômito. Entretanto, por amar Senkichi, apesar do que sabia a respeito dele, não havia razão para mudar completamente a imagem que fazia dele por causa das fotos. Além do mais, eram fotografias antigas.

Ela refletiu sobre o que acontece quando se perde a sensibilidade a ponto de se considerar feio o que de mais feio há neste mundo. Seja como for, desde o instante em que se apaixonara por Senkichi, ela se transformara em uma nova mulher.

Músicos ambulantes entraram no bar e começaram a cantar com suas vozes débeis, sendo acompanhados pelos clientes e pelos rapazes.

Palavras insensíveis de alguém insensível
Penetram fundo em meu peito
Tal qual a brisa numa noite de outono.
Se não puder ser um vison

*Cubra pelo menos este ombro desnudo
Com a tepidez de uma única palavra.
Ah, não importa, pode ser "adeus"
Pode ser "adeus".*

O refrão final foi cantado em coro por todos.

*Ah, não importa, pode ser "adeus"
Pode ser "adeus".*

Taeko pensou em como gostaria de ver o rosto vulgar do compositor de uma canção tão suplicante. De súbito, sentiu-se tomada pela ira. Levantou-se e pegou o telefone que ficava num canto do balcão. Quando o som da chamada foi interrompido e ela ouviu a voz de Senkichi, sentiu-se redimida.
— Ah, você está em casa?
— Hum.
— Vai sair de novo?
— Não. Mas se a minha presença te incomoda, posso ir embora...
— Não se preocupe! Estou voltando... Não está com fome?
— Por enquanto, não.
— Seja como for, a esta hora não há restaurantes abertos...
Ela se espantou que estivesse dizendo coisas tão triviais e dispensáveis. E mais uma vez percebeu que, apesar de não ter jantado naquela noite, não sentia fome absolutamente. Desde o almoço angustiante, esquecera por completo que havia coisas como apetite neste mundo.

53

Taeko estava satisfeita em poder entrar como uma ventania em seu apartamento mantendo a alegria no rosto.

Senkichi vestia um suéter de caxemira bege e comia amendoins. Muitas cascas se espalhavam sobre seu peito, o que era natural, porque estava com os pés sobre um dos braços do sofá e a cabeça caída mais para baixo.

Taeko sabia que ele desejava ouvir direto de sua boca o resultado do almoço daquele dia com a senhora Muromachi, e a pose falsamente despreocupada servia apenas para encobrir a extrema tensão e a angústia que o consumiam por dentro. Por isso, ela decidiu atormentá-lo lentamente.

— Tenho estado ocupada e sem tempo para ver filmes, mas esta noite fui sozinha ao cinema — mentiu assim que se sentou diante dele.

— O que assistiu?

— *Mulher dos sonhos*[3], com Anita Ekberg. Uma chatice.

— É? Mas a crítica é boa.

— Não faz jus à reputação.

— O cinema estava cheio?

— Não muito.

— Porque faz muito tempo que foi lançado.

— Pois é.

A conversa sobre cinema foi interrompida nesse ponto. Senkichi girava nervosamente o botão das estações do rádio

---

3. Não há na filmografia de Anita Ekberg um filme intitulado *Mulher dos sonhos*. Provavelmente, o título foi inventado com base em *A doce vida*, de Fellini, lançado em 1960, em que a atriz interpreta a "mulher dos sonhos" do personagem de Marcello Mastroianni. [N.T.]

transistor e, depois de ter os ouvidos açoitados repetidas vezes por fragmentos de jazz, diálogos cômicos e aulas de inglês, por fim o desligou, e o silêncio dominou o ambiente.

— Quer dizer que vai sozinha?
— Como?
— Você sempre vai sozinha ao cinema?

Taeko pensou que a conversa parecia admiravelmente com a de dois estranhos.

— Às vezes só, outras acompanhada. Depende da ocasião. Mas pouco importa, não?

Taeko ficou alerta ao tom mordaz de suas palavras. Era necessário se manter mais indiferente.

— Realmente, tanto faz.

Os dois sempre estiveram naquele cômodo, mas nunca como naquela noite os sons dos trens a distância e o ressoar das buzinas dos carros penetraram de modo tão aguçado em seus ouvidos.

— Nos últimos tempos, as recepções interessantes escassearam. Antigamente, havia festas de arromba na casa de algum conhecido, mas agora todos estão ocupados e não sentem mais saudades de estar com as pessoas.

— De fato... Já conhecemos todo mundo que poderíamos conhecer.

— E já dormimos com todos com quem poderíamos dormir...

— Chegamos ao fim.

Senkichi pronunciou a palavra "fim" sem esforço enquanto mastigava ruidosamente os amendoins.

Embora Taeko pretendesse desviar de propósito do assunto principal para flagelar o rapaz, aos poucos começou a sentir que perdera a coragem de se aproximar dele e parecia aprisionada em um círculo vicioso. Afinal, de que tipo de coragem ela precisaria naquele momento? Bastava um leve movimento da ponta do dedo para fazer ruir a torre de blocos de madeira de suas preocupações.

— Hoje a senhora Muromachi me convidou para almoçar.

— Ah, é verdade.

A atitude de Senkichi procurando não esconder algo de seu conhecimento poderia ser classificada ao mesmo tempo de franca ou arrogante.

— Ela me contou toda a sua notável encenação.

Taeko pela primeira vez adotou um tom provocador, mas a reação do rapaz foi inesperadamente honesta.

— Foi uma encenação deslumbrante e bem-sucedida.

— Você tenta de tudo, não?

— Óbvio. O ser humano precisa se esforçar para alcançar a felicidade.

— Realmente!

Sem poder evitar, Taeko se pôs a rir.

— E a senhora Muromachi me pediu para adotar você como filho. Não é uma ideia curiosa?

— Muito.

— Se eu aceitar de bom grado, as pessoas acharão que pratiquei um ato de indescritível refinamento.

Pela primeira vez, Senkichi ergueu para Taeko um olhar perscrutador. Depois, começou a se mexer agitado no sofá, varreu com a mão descuidadamente as cascas de amendoim de cima do peito e sentou-se de pernas cruzadas.

— Então... você... bem, você não detesta tanto assim ser vista como alguém refinada.

— Não detesto — riu ela novamente se sentindo alegre por poder se descontrair em uma situação como aquela. — Com certeza, não detesto.

— Então, se está tudo ok, podemos apertar as mãos?

Senkichi limpou os restos de amendoim grudados na mão e a estendeu. Embora o fizesse com a intenção de apertar a mão de Taeko, parecia querer segurar algo no vazio. E ela teve a sensação de ver nessa grande mão rústica os diversos frutos que ele sempre arrebatara da vida com violência.

— Espero que tudo corra a contento.

— Não me atormente!

Eles trocaram essas breves palavras entre sorrisos, mas, por um instante, os olhos de Senkichi se tornaram intimidatórios, e Taeko sentiu claramente que naquela noite a cena estava armada para ele de fato matá-la. O revólver estava dentro da bolsa. Com a ponta dos dedos, Taeko aproximou furtivamente a bolsa de sua coxa. Porém, nesse momento, ela encarou o rapaz com olhos aparentemente inebriados.

Diante dela estava o primeiro homem que ela amara nessa altura da vida, mas que a fizera sofrer com uma falsidade inimaginável. Suas atitudes interesseiras e malévolas eram evidentes, não davam espaço para sonhos.

Por outro lado, possibilitaram um derradeiro sonho à Taeko de agora. De que entre os dois poderia inexistir vaidade; de que segredos não seriam necessários; de que naquela noite Senkichi nunca se parecera tanto com o rapaz que ela conhecera na noite do primeiro encontro. No início, ela amou esse rapaz sem alimentar qualquer ilusão, ou seja, ela o amara na pior situação. Não por suas qualidades serem atraentes, mas por sua vulgaridade ser graciosa. A ilusão veio mais tarde, e Taeko podia afirmar agora que a partir de certo momento foi uma digressão completamente fastidiosa pretender educá-lo.

Ali estava ele, um jovem das ruas com as costas inclinadas despreocupadamente no sofá, de pernas cruzadas, vestindo um suéter. Um jovem abnegado, cuja ambição se resumia a apenas quatro coisas: dinheiro, ociosidade, uma posição capaz de lhe conceder ganhos fáceis, e uma mulher pela qual não nutrisse nenhuma paixão. Para alcançá-las, não se importaria em mentir e trair, sua natureza não diferia em nada da de tantos jovens que perambulam pelas ruas. Um aficionado do *pachinko*. Um homem elegante. A completa autoconfiança em carne e sexo. Um monótono orgulho... Nada disso mudara desde o primeiro encontro.

"Vamos, chegou o momento", pensou Taeko.

Justamente ali, ela poderia refazer tudo do início. Graças às fotos obtidas, poderia agora se igualar a Senkichi em força e vilania. Quem diria que lograra enfim se apoderar de uma situação a que tanto aspirara!

— Quero te mostrar algo.

Ela pegou o envelope com a mão trêmula.

— O quê?

Havia uma visível tensão também na mão estendida de Senkichi.

— Não, não posso entregá-las a você. Vou te mostrar apenas uma, de longe.

Ela se levantou e, com cautela, dirigiu-se até a porta para abri-la.

— Aonde você vai?

— Providenciar uma rota de fuga.

— Não abra a porta — gritou Senkichi assaltado por algum tipo de pressentimento.

Fez menção de se levantar, mas consultou seu amor-próprio e acabou voltando a se sentar aprumado no sofá.

— Apenas de longe, ouviu bem? Que foto é esta?

Olhando só de relance, ele se deu conta do que era. Seu rosto empalideceu.

Por um tempo, manteve-se calado até perguntar finalmente com a voz contida:

— Você mostrou isso hoje para a senhora Muromachi?

— Não, ainda não!

— O que significa esse "ainda"?

— Significa que posso mostrar a ela com calma, a qualquer momento. Não tenho pressa.

O rapaz mudou várias vezes de posição no sofá. Vendo seu corpo ser tomado por pequenos espasmos, Taeko sentiu medo. Porém, não havia sinais de que ele a atacaria. De punhos cerrados, ele dizia algo para si mesmo:

— Desgraçado... Desgraçado... Ele as escondeu de mim... E só agora... Entendi... Foi ele... Desgraçado... Vou matá-lo...

— Quem você vai matar?

Com a porta atrás de si, Taeko se espantou com sua serenidade, a ponto de lhe fazer tal pergunta.

— Não é você.

— Ainda bem. Não seria adequado ser morta. Mas, se eu enviar as fotos à senhora Muromachi, você pode dar adeus ao seu casamento. E sou o tipo de mulher que se desejasse enviá-las, enviaria! Entendeu? Realmente compreende que sou uma mulher capaz de fazê-lo?

— Eu sei! Mas o que você quer de mim? — Depois de pensar por um longo tempo cabisbaixo, por fim levantou o rosto inusitadamente ingênuo.

— Quer negociar? — perguntou.

— Não, nada de negociação.

— Então o quê?

— Era apenas para te mostrar. Somente para alertá-lo antes de enviá-las. Nada mais do que isso! Não tire conclusões apressadas. Não tenho intenção de reconquistá-lo me valendo de uma artimanha dessas. Não sou uma mulher tão idiota. Entendeu?

— Entendi — Senkichi respondeu docemente, como um papagaio, e de novo balbuciou: — Justo agora... Fazer isso... Desgraçado... Onde as teria escondido?

— Falando sozinho de novo? — Taeko perguntou com absurda crueldade.

Subitamente, ele mudou de atitude. Sentou-se no chão e, com a cabeça roçando o tapete, gritou:
— Você venceu. Eu imploro. Entregue-me essas fotos. É tudo o que eu peço. Senão estarei arruinado.
— Mais uma encenação?
— Não é encenação.
Ele levantou de súbito a cabeça. No rosto coberto de suor, revelava-se uma expressão miserável até então nunca vista.
— Não é encenação! Taeko! Eu errei. Eu imploro a você, não destrua minha vida. Sempre sonhei em viver como um ricaço. E não foi por gosto que tive essa existência dissoluta. Pense bem. Se eu tivesse nascido em uma família rica, não teria necessidade de cometer atos tão vis. De me enredar num amontoado de mentiras. Desde que visitei a casa dos Muromachis, eu me senti enfeitiçado por eles. Queria a todo custo viver uma vida abastada. A questão não é a moça. Estou farto desta vida miserável de maus caminhos.
— Se é assim, não seria melhor trabalhar seriamente e se tornar um homem bem-sucedido por esforço pessoal?
— Não zombe de mim. Pare de me achincalhar dessa forma. Não tive escolha. Isso é tudo o que eu podia fazer.
— Você é muito modesto.
— Desde que meu pai foi à falência, eu prometi algo a mim mesmo. Atravessar a vida mantendo sempre o sangue frio, sem me entregar a paixões. Eu me convenci de que, por mais ignóbeis que fossem minhas ações, não seriam vis se fossem destituídas de ardor. Sem ardor, com certeza teria êxito. E seguindo minha promessa até o fim, poderia um dia olhar do alto os sujeitos neste mundo que estrebucharam para subir na vida com esforço. Meu pensamento não estava errado. Vivi até agora desprovido de paixão. E tudo ia muito bem. Mais um pouco e eu alcançarei meu objetivo,

por isso não zombe de mim! Eu talvez me enfureça e acabe me apaixonando.

— Pois eu gostaria de ver essa sua paixão.

Ao dizê-lo, o coração de Taeko já estava calmo, se esfriara, e ela se sentia confiante em resolver tudo impassivelmente, da forma como Senkichi dissera.

Ele ameaçara se enfurecer, mas suas palavras eram mera intimidação, e era claro que não restava nele nenhuma coragem.

O que aconteceu então?

De súbito, a névoa que obliterava a visão de Taeko clareou, e ela começou a ver tudo com nitidez.

Estava tudo transparente, sem nada de incompreensível, e todo o charme do mistério morrera. Em seus olhos não havia nada opaco, nada que angustiasse seu coração.

Por que os fatos lhe pareciam agora tão visíveis? Ela entendeu que as palavras de Senkichi naquele instante eram verdadeiras, e essa visão imatura de vida, pueril, fazia cruelmente seu valor cair a um nível ainda mais baixo do que a filosofia desses fedelhos preguiçosos que se veem por aí. Resposta de um teste redigida numa caligrafia desajeitada, a que ela, como professora sagaz, de imediato pôde dar uma nota quarenta e cinco, insuficiente para aprovação.

"Ele agora está sendo sincero por inteiro. E acredita que fez tudo devido à sua filosofia. Na realidade, ele apenas se orientou pela sua sensibilidade... Ah, mas que sinceridade deplorável. Seu único charme deveria ser justamente jamais pensar dessa forma. Ele devia ter o charme de um portão sem a placa com o nome do proprietário da casa, mas agora ele redigiu o nome dessa placa numa caligrafia desajeitada. Ele devia estar vivendo apenas o presente, contudo pretende conduzir a vida observando seu plano. E, agindo assim, estragou suas qualidades e nem sequer se dá conta disso."

Pela primeira vez, ela sentiu piedade em seu coração. Nunca havia tido esse sentimento em relação a Senkichi e se proibira de tê-lo para manter o charme altivo do rapaz. Agora, revogava a proibição.

Assim, Taeko compreendeu claramente que aquela pessoa que tanto amara não passava de uma ilusão que havia criado.

— Certo. Vou satisfazê-lo. Venha até aqui — ordenou ela gentilmente.

Ela se levantou e se dirigiu à cozinha.

Ele a seguiu e postou-se de pé na porta observando temeroso a mão calma de Taeko acendendo o gás.

— Vamos, queime-as você mesmo. Você se sentirá aliviado ao queimar por si próprio o seu passado. Dentro estão também os negativos das fotos. Está tudo aí!

Taeko enfileirou sobre o fogão a gás o conteúdo do envelope.

Qual um cão vadio a quem é dada de repente uma deliciosa comida, ele se aproximou lentamente do fogão, precavido e desconfiado, ainda incapaz de expressar sua alegria.

O círculo azulado do gás na chama tremulava com extrema serenidade entre os dois.

— Eu te ensino a queimá-las. Veja bem. Você deve olhar cada foto antes de posicioná-la na chama. É proibido se apressar!

Tal como Taeko lhe dissera, Senkichi pegou uma foto. Fixou o olhar inexpressivo sobre ela. No entanto, via-se bem que ele se empenhava para permanecer impassível, embora a fotografia exercesse uma sombria pressão em suas feições.

— Ainda não! Ainda... Você viu? Viu bem, não? Então, já é suficiente.

Ele deitou a foto sobre o lume. As chamas a circundaram, e, no instante em que começou a virar cinzas depois de encrespada, o rosto tormentoso do rapaz reluzia num pedaço da imagem lustrosa.

Mais uma foto. E mais outra. Taeko, severa, o fazia queimar lentamente cada uma delas. Ao terminar, foi a vez dos negativos. A cozinha ficou saturada de uma fumaça fedorenta, e os olhos de ambos se tornaram úmidos e avermelhados.

Tudo foi queimado. Senkichi pegou um punhado de cinzas e o apertou na palma da mão.

Ele lançou um olhar furtivo a Taeko e de súbito a tomou com impetuosidade em seus braços. Um movimento tão imprevisto que ela não pôde se desvencilhar.

Pela primeira vez, o abraço de Senkichi fora tão espontâneo, desesperador e violento. Ele chorava enquanto continuava a repetir palavras delirantes ao pé do ouvido dela.

— Obrigado... Obrigado... Eu te amo... Amo de verdade... De verdade... Amo... Sempre te amei.

Enlouquecido, ele buscava os lábios de Taeko, mas ela se esquivava firmemente. Quando ela enfim se afastou, tentando ajeitar o cabelo desarrumado, disse:

— A partir desta noite, você não dorme mais aqui. Durante o dia, pode ir à butique, se desejar. Amanhã, vou providenciar quanto antes os papéis da adoção. Em contrapartida, você vai me prometer não aparecer mais aqui. Vou juntar suas coisas e mandá-las para seu novo endereço quando você estiver instalado.

O corpo de Senkichi se enrijeceu como se ouvisse palavras inesperadas.

— Você deve ir embora. Com certeza não tem para onde ir, mas pode passar esta noite em algum hotel.

E, levantando-se primeiro, abriu a porta.

— Vou te dar um beijo de despedida. Porém, deixemos a porta aberta! — disse Taeko com candura no coração.

54

Taeko propôs uma mudança de planos para o encontro de novembro das Damas do Parque Toshima, sugerindo um piquenique durante o dia. Soaria como pilhéria propor o Parque Toshima, portanto deu a ideia de irem ao Parque de Diversões Mukogaoka. Cientes do estado de espírito atual da amiga, Nobuko e Suzuko concordaram, embora, na realidade, relutassem em ir a esse lugar.

Foi em uma linda tarde quente no final do outono. Taeko disponibilizou o carro, e as três mulheres tiveram bastante tempo para conversar durante o longo trajeto devido aos vários congestionamentos.

Taeko estava jovial e até a sua tez se mostrava lustrosa. Tendo de imediato percebido isso, Nobuko e Suzuko se desmancharam em elogios entremeados a uma ponta de inveja. A própria Taeko abordou com tranquilidade o assunto que as amigas tomavam cuidado em evitar, sem nenhum esforço ou fanfarronice em especial. Nobuko, apesar da profissão de crítica, naturalmente se admirou.

— Você é simplesmente genial. Tudo o que nos contou parece inconcebível. Fomos enganadas e até nos compadecemos de você. Mas uma coisa você tem de nos explicar! O que é preciso fazer para ficar sempre tão jovem e bela como você?

— Não revelo! É um segredo artístico absolutamente incompreensível para uma crítica de cinema.

Taeko chegava a ser perversa de tanta alegria.

As duas ficaram aliviadas ao constatar que, ao contrário do esperado, não precisariam agir com cautela com a amiga. Suzuko logo começou a se gabar de suas aventuras amorosas.

— Homens que gostam de mulheres obesas em geral são elegantes, e isso se reverte a meu favor. Agora mesmo tem um cantor de jazz arrastando as asinhas para mim! Eu me faço de difícil. Dia desses, ele me presenteou com um par de brincos chiques importados. Nós nos beijamos, e foi a primeira vez que experimentei lábios tão doces num rapaz. Será que até os lábios ficam adocicados quando cantam músicas cheias de doçura? E esse rapaz nem dá bola para as fãs jovens.

— Sem dúvida, um tipo de regressão infantil. Se os lábios são tão doces, não seria por chupar balas com frequência? — sugeriu Nobuko mordazmente.

Após cruzar o pontilhão de Futakotamagawa, o carro dobrou à direita e prosseguiu em meio a plantações de árvores frutíferas já desfolhadas. Pouco depois de passar em frente à estação de Kuji, puderam avistar as torres de ferro do teleférico do Parque de Diversões Mukogaoka.

Suzuko, que tinha problemas no coração quando subia escadas, queria pegar o teleférico, mas Nobuko e Taeko se opuseram decididamente, e o trio galgou a nova e magnífica escadaria decorada com fontes, cascatas e um grande relógio de flores.

— Me deixem descansar um pouco. Um minuto aqui, por favor.

Atendendo ao pedido de Suzuko, as amigas pararam no meio da subida e se puseram a contemplar abaixo, ao longe, os vilarejos espalhados pela flavescente planície de Musashino, já prenunciando o início do inverno.

— Que tal? Não acham ótimo termos vindo a um local com ar tão puro? — indagou Taeko se ufanando de seu plano.

— Não é ruim... — disse de má vontade Suzuko, que detestava a natureza. Taeko pensou bem e lembrou que, durante o tempo em que se relacionara com Senkichi, apenas uma vez entrara em contato com algo semelhante à natureza quando viajaram juntos para Atami.

Os raios de sol cintilavam, e elas transpiravam um pouco quando chegaram ao topo da colina. As três caminharam lentamente em direção ao parque de diversões quando seus olhos viram uma placa anunciando um *water-chute*[4] abaixo de um monte artificial.

— Vamos experimentar? — propôs Nobuko com a voz subitamente excitada.

Na verdade, talvez Nobuko fosse a mais infantil das três.

O barqueiro se surpreendeu ao receber a bordo as três vistosas clientes. Quando a barca começou a deslizar pela inclinação íngreme abaixo, Suzuko se pôs a gritar. Taeko pensou em lhe dizer que ainda era cedo para isso, mas não teve tempo. Em alta velocidade, a barca se aproximava do lago abaixo no qual se precipitaria. O fundo da barca bateu com força na rígida superfície da água fazendo espirrar alto jatos de espuma. Com o impacto, o barqueiro, envolto na espuma, deu um salto no ar para, de forma magnífica, cair de pé com as mãos separadas na proa da embarcação.

No rosto de Taeko, algumas gotas também respingaram, mas não em quantidade que necessitasse secá-las com um lenço. Manobrada com uma vara, a barca deslizou pelas águas sujas do lago, aproximando-se devagar da margem repleta de bordos cujas folhas estavam escurecidas pelo outono.

— Acabamos de fazer uma travessia, não? É aquele tipo de sensação! — afirmou Taeko.

Agarradas com força às alças dos assentos, as duas amigas, ainda não totalmente recuperadas do choque, observavam o rosto de Taeko sem compreender suas palavras.

---

4. Um escorregador normalmente com água corrente, equipado com barcas que deslizam até uma piscina ou lago. [N.T.]

— Você é corajosa. De nós, é quem menos sente medo — declarou por fim Nobuko.

— É natural. Sou diplomada na escola da vida — replicou Taeko, ajeitando o busto de seu sóbrio tailleur feito sob medida.

ESTE LIVRO FOI COMPOSTO EM ADOBE GARAMOND CORPO 12 POR 14 E
IMPRESSO SOBRE PAPEL PÓLEN SOFT 80 g/m² NAS OFICINAS DA MUNDIAL
GRÁFICA, SÃO PAULO — SP, EM OUTUBRO DE 2023